I0660216

*FOLK-LORE DE L'ILLE-ET-VILAINE*

# DE LA VIE A LA MORT

PAR

ADOLPHE ORAIN

TOME PREMIER

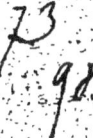

**PARIS**

J. MAISONNEUVE, LIBRAIRE-ÉDITEUR

6, RUE DE MÉZIÈRES ET RUE MADAME, 26

1898

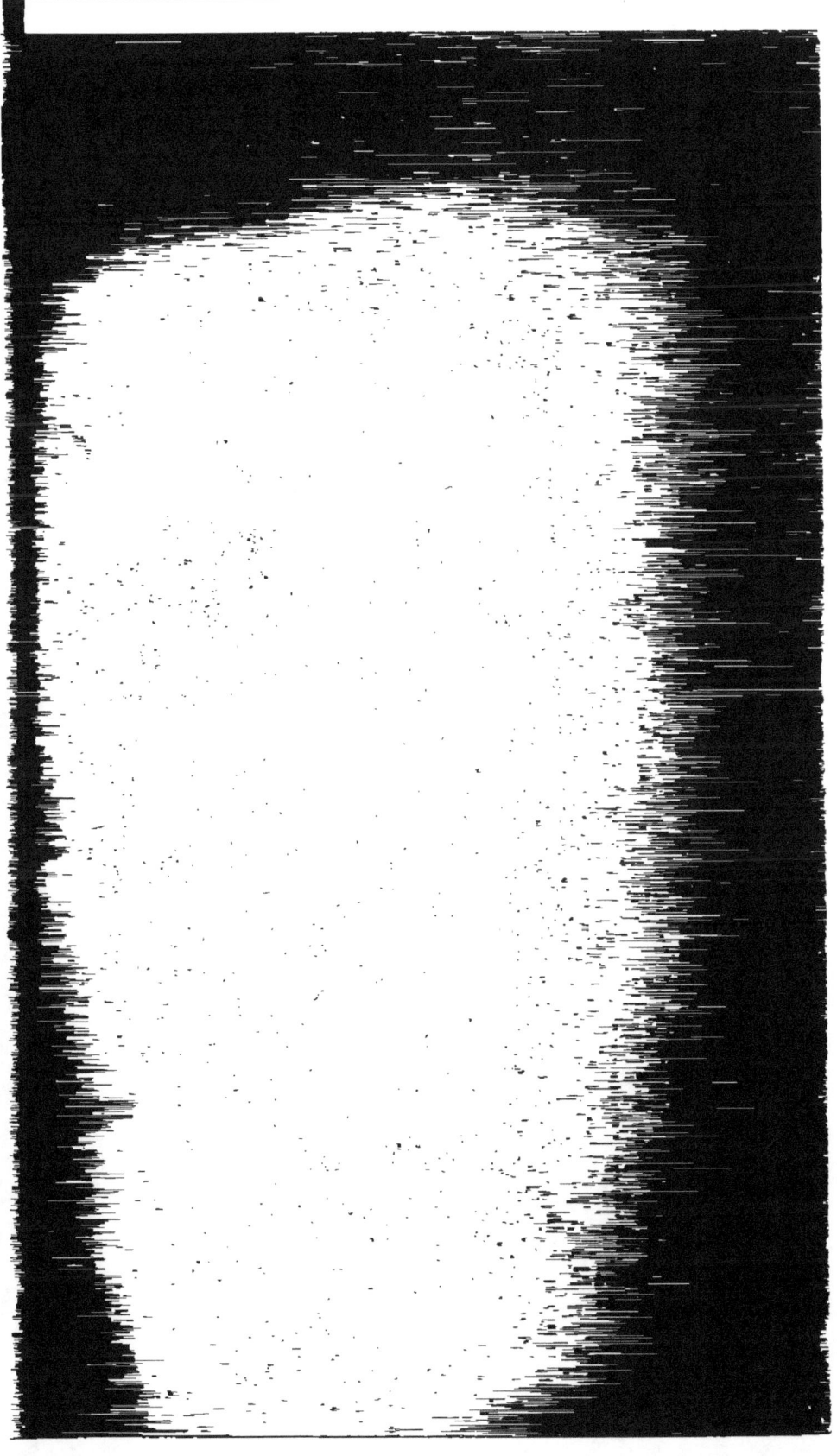

LES

# LITTÉRATURES POPULAIRES

TOME XXXIII

# LES

# LITTÉRATURES POPULAIRES

DE

## *TOUTES LES NATIONS*

TRADITIONS, LÉGENDES
CONTES, CHANSONS, PROVERBES, DEVINETTES
SUPERSTITIONS

TOME XXXIII

## PARIS

J. MAISONNEUVE, LIBRAIRE-ÉDITEUR
6, RUE DE MÉZIÈRES ET RUE MADAME, 26

1897

# DE LA VIE A LA MORT

## CHALON-SUR-SAONE
IMPRIMERIE FRANÇAISE ET ORIENTALE DE L. MARCEAU

*FOLK-LORE DE L'ILLE-ET-VILAINE*

# DE LA VIE A LA MORT

PAR

ADOLPHE ORAIN

PARIS

J. MAISONNEUVE, LIBRAIRE-ÉDITEUR

6, RUE DE MÉZIÈRES ET RUE MADAME, 26

1897

# AVANT-PROPOS

ANDRÉ THEURIET *m'écrivait le 3 décembre 1879 :« Moi aussi je me suis occupé de la poésie populaire dans un article qui termine mon volume de Sous Bois. Je me propose de revenir un jour sur ce sujet qui est inépuisable, comme la nature elle-même. »*

*En effet, les chansons, les légendes et les contes sont aussi nombreux dans les chaumières que les feuilles dans les bois.*

*Après Souvestre qui, le premier en Bretagne, s'est occupé de recueillir les traditions populaires, après MM. de la Villemarqué, Luzel et Sébillot, je viens, moi aussi, offrir mon humble cueillette. Vaudra-t-elle la peine que je me suis donnée ? Je n'en sais rien ; mais qu'importe si je suis arrivé à sauver de l'oubli une élégie du temps passé, un conte* de revenants, à rappeler les coutumes, les usages, les goûts de nos pères si différents des nôtres? J'aurai au moins apporté mon grain de sable aux savants qui s'occupent de l'œuvre du Folk-lore, et cela me suffira. Enfin, j'aurai peut-être donné à d'autres l'idée de continuer ces recherches qui m'ont charmé et qui certainement les charmeront à leur tour.

Lorsqu'il y a vingt ans je parcourus les communes de l'Ille-et-Vilaine pour décrire la Géographie pittoresque de ce département, j'entendis derrière les haies d'aubépine des mélodies suaves, au coin du foyer des récits étranges. J'assistai à des cérémonies gaies et tristes qui m'intéressèrent et m'impressionnèrent. Je me promis alors de me livrer plus tard à de nouvelles études sur mon cher pays.

Des loisirs m'ont permis de mettre mon projet à exécution, et c'est ce que j'ai vu et entendu dans le fond de nos campagnes que je publie aujourd'hui.                    A. O.

# DE LA VIE A LA MORT

## FOLK-LORE DE L'ILLE-ET-VILAINE

### CHAPITRE PREMIER

## La Naissance, le Baptême, les Relevailles, les Nourrices

Lorsqu'une femme ressent les douleurs de l'enfantement, on va aussitôt chercher, avant de prévenir le médecin, une vieille matrone qui a l'habitude de soigner les femmes en couches. Il y en a généralement une dans chaque village. C'est à elle que le médecin remet l'enfant. Elle lui fait sa première toilette et l'enveloppe dans ses langes.

C'est aussi cette femme qui est chargée de soigner la malade et de porter l'enfant à l'église pour le baptême. Elle est alors suivie du compère et de la commère qui se donnent le bras comme pour une noce.

Le père et quelques proches parents suivent par derrière.

La cérémonie religieuse achevée, tout le monde se rend dans les divers cabarets du bourg, et dans ceux situés le long de la route. Ils y restent fort longtemps et ne rentrent souvent que très tard au milieu de la nuit, même par les plus grands froids de l'hiver.

Hommes et femmes sont presque toujours en état d'ivresse et alors les accidents ne sont pas rares.

Un jour, la porteuse d'un enfant nouveau-né posa ce dernier sur la table d'un cabaret pour boire plus à son aise. Près de l'enfant était un pain de six livres enveloppé dans une serviette.

Après de nombreuses tournées de café et de petits verres, lorsque la matrone se leva pour partir, elle crut prendre l'enfant et s'empara du pain.

De retour au village, la mère inquiète leur cria, lorsqu'ils entrèrent dans la maison :

— Donnez-moi donc bien vite ma petite fille que je la réchauffe, elle doit être morte de froid.

— Non, non, dit la vieille, elle est bien tranquille et dort profondément. Et elle passa le pain de six livres à la malade.

— Que me donnez-vous-là ? dit la mère en pleurant ; mais ce n'est pas ma fille.

L'ivrognesse s'aperçut seulement de sa distraction et l'on courut chercher la petite que l'on trouva sur la table où elle avait été laissée.

*\*\**

L'enfant est quelquefois porté à l'église sur un oreiller recouvert d'un châle appelé *tartan* qui ne sert qu'à cet usage. Quand la matrone est ivre le poupon glisse par terre.

On raconte, dans le canton de Bain, qu'un soir d'hiver, une femme qui portait un bébé sur un oreiller, le perdit en passant un échalier. Elle ne s'en aperçut qu'une fois rendue au village. Lorsqu'elle revint le chercher, le

pauvre petit avait été congestionné par le froid
et il fut impossible de le rappeler à la vie.

Une autre fois, une matrone ivre rapportait
un nouveau-né, après le baptême, du bourg
de Pléchâtel au village du Val-du-Himboul.
Elle avait à traverser un ruisseau sur une
planche assez étroite. Elle fit un faux pas et
l'enfant glissa de son oreiller dans l'eau. On
put le retirer du ruisseau, mais il mourut
dans la nuit.

Un nommé Jean Rihet, de la commune de
Pléchâtel, encore vivant aujourd'hui, glissa
de dessus l'oreiller, le jour de son baptême et
ne fut retrouvé, près du village de Saint-
Saunis, que quelques heures après.

A Vitré, aussitôt qu'un enfant est né, on
prévient le bedeau de cette naissance et on lui
donne la pièce. Immédiatement, — et cela bien
avant le carillon du baptême, — il sonne la
cloche de l'église, 9 coups pour les garçons,
11 coups pour les filles. Pourquoi ce privilège
dont jouissent les filles ? Mystère !

Dans une petite ville comme Vitré, tout le monde se connaît ; on sait quelles sont les femmes enceintes et celles qui doivent bientôt accoucher. Ce sont les grands événements ! Et sans sortir de chez soi, la cloche vous apprend que Madame une telle vient d'être mère et de plus vous savez si c'est d'un garçon ou d'une fille.

Dans les communes du canton sud-ouest de Rennes on ne sonne jamais les cloches pour le baptême d'un enfant naturel.

Les frais du baptême sont à peu près nuls pour les parents : Le parrain, la marraine et les invités achètent et offrent à la mère du pain blanc, de la farine, du vin, du café, du sucre, du chocolat, de l'eau-de-vie et des épingles.

A l'église, le prêtre et les choristes sont également payés par moitié entre le parrain et la marraine.

Ils paient de la même façon le sonneur de cloches; et plus ils sont généreux, plus le carillon se prolonge.

Dans le bourg, quand on entend sonner longtemps un baptême, on ne manque pas de dire : « *Il y a gras aujourd'hui pour le sonnou !* »

A la porte de l'église, des enfants attendent avec impatience la sortie du baptême, parce qu'on leur jette des dragées. S'il s'agit du baptême d'un enfant riche, des sous accompagnent les bonbons.

Le parrain et la marraine ont un grand cornet rempli de dragées, un peu plus fines que celles jetées aux enfants, et ils en offrent, dans le bourg et le long de leur chemin, aux amis et connaissances.

On donne à manger aux enfants dès le lendemain de leur naissance. C'est généralement une bouillie épaisse qui les rend fort malades. Il n'y a à résister à ce régime que ceux qui sont vraiment vigoureux.

Les mères mangent et boivent avec les parents et amis, aussitôt après leur accouchement.

Je me souviens qu'un été, ma mère avait parmi ses journalières, pour faner son foin, une femme enceinte. La malheureuse se sentit souffrante et le dit à son mari qui travaillait avec elle. « Couche-toi sur un *mulon*[1] de foin, lui répondit-il, ça va te reposer. »

Elle s'y coucha en effet, mais un quart d'heure après elle mettait un enfant au monde.

— Je ne *sè* pas capable de continuer mon travail, dit-elle et je *vas* rentrer à la maison.

Elle s'en alla à une assez grande distance, emportant son enfant dans son tablier. Deux jours après, elle recommençait à faner le foin.

C'est la marraine qui offre à son filleul sa première robe; mais il ne doit l'étrenner qu'un

1. Petite meule de foin.

samedi, sans doute parce que le samedi est consacré à la Vierge et que c'est ce jour-là seulement que l'enfant doit revêtir sa robe blanche.

Lorsque l'accouchée se rend à l'église pour les relevailles, si la première personne qu'elle rencontre est un homme, le prochain enfant qu'elle aura sera un garçon ; si au contraire c'est une femme, c'est qu'elle aura une fille.

Elle emmène ordinairement avec elle la matrone. Elle conduit celle-ci, en sortant de l'église, dans un cabaret, où elle lui offre toutes sortes de consommations (vin chaud, café, liqueurs), afin que cette femme ne dise pas, dans les autres maisons où elle ira exercer son métier, qu'elle a été mal soignée.

Le mari est, lui, resté à la maison pour préparer un festin destiné aux deux femmes absentes et à quelques invités. Ce repas dure tout le restant du jour.

Les infortunées nourrices qui n'ont pas

suffisamment de lait vont en pèlerinage à certaines saintes qui ont le pouvoir de leur en donner.

La plus en renom, dans le département d'Ille-et-Vilaine, est sainte Agathe que l'on invoque dans deux chapelles, à Langon et à Sixt.

### 1° Sainte Agathe de Langon.

Au dire des archéologues, la petite chapelle de Langon est une curiosité de notre Bretagne.

On suppose que cet édicule fut d'abord un temple mythologique dédié à Vénus, et ce qui le fait supposer c'est que la fresque qui décore la voûte absidiale représente une femme nue sortant de l'onde, entourée de poissons et d'un dauphin. Cette femme est coiffée à la romaine et tient dans les mains une banderole flottante.

Plus tard, lorsque les chrétiens affectèrent la chapelle de Langon à leur culte, ils la dédièrent à sainte Agathe, martyre, dont les mamelles coupées furent miraculeusement guéries.

C'est en souvenir de ce miracle que les nourrices qui ont les seins malades, ou qui n'ont pas de lait, vont demander à sainte Agathe, soit leur guérison, soit du lait pour sustenter leurs nourrissons.

Elles font pour cela, en priant la sainte, sept fois le tour de la chapelle.

Un gars de Langon voulut, par dérision, faire, lui aussi, sept fois le tour de la chapelle. Son voyage était à peine achevé que ses seins se gonflèrent, se remplirent de lait et le firent atrocement souffrir. Ce ne fut qu'en faisant amende honorable à sainte Agathe qu'il parvint à se débarrasser de son lait.

### 2° Sainte Agathe de Sixt.

On voit dans l'église de Sixt une statue représentant sainte Agathe qui tient l'une de ses mamelles dans ses mains.

Comme à Langon, beaucoup de pauvres femmes, qui voient leurs petits enfants souffrir parce qu'elles n'ont pas de lait en assez grande abondance, vont invoquer sainte Agathe, et presque toujours elles s'en retournent les seins gonflés.

### 3° Sainte Émerance, à Bain.

Lorsque l'on quitte la petite ville de Bain, par la route de Châteaubriant, on rencontre d'abord un bel étang, puis le village de la Chapelle. Ce hameau dont le nom rappelle l'existence d'une chapelle détruite, a seulement conservé comme dernier vestige de l'ancien édifice religieux une grossière statue de bois vermoulu qui représente, dit-on, sainte Émerance.

Cette statue se trouve sur le bord de la route, dans une cavité de mur, et le voyageur qui passe en ces lieux est très intrigué de voir sur la tête de la sainte une quantité de petits bonnets.

Sainte Émerance a le pouvoir, elle aussi, de donner du lait aux nourrices qui n'en ont pas, et il en vient de tous côtés et de très loin, qui offrent à la sainte un bonnet qu'elles lui posent sur la tête.

### 4° Le père Laitu de Saint-Gondran.

Il y avait autrefois dans la paroisse de

Saint-Gondran une fontaine miraculeuse à laquelle les nourrices allaient boire pour avoir du lait.

On raconte qu'un jour deux faucheurs étaient à travailler dans un pré voisin de la source. En juin, la chaleur est grande, et quand ils eurent vidé leur pot de cidre, ils eurent encore soif et se rendirent à la fontaine.

L'un dit à son camarade :

— *Cré-tu, ta*, que cette *iau* donne du lait ?

— Je *n'savons point*, mais on le dit.

— *Ma, j'n'y cré* guère, et je défie *ben*, à cette *iau* de faire de *ma* ta femme et de me donner du lait.

Puis il se baissa et prit de l'eau avec la main pour calmer sa soif.

De retour dans la prairie, il sentit, en fauchant, de grandes douleurs à la poitrine et ne tarda pas à être inquiet en voyant ses seins s'arrondir et répandre du lait.

Les douleurs devinrent tellement insupportables qu'il dut cesser son travail et s'en aller chez lui, où il ne put obtenir de soulagement qu'en allaitant des enfants.

C'est à partir de ce jour qu'on l'appela le *père Laitu*.

*<br>* *

Lorsque l'enfant est sevré, la nourrice pour faire disparaître le lait qui la gêne, se met des brins de persil entre les deux seins. D'autres fois elle fait *pâmer* (ce qui veut dire flétrir) sur la *tournette* à galettes, chauffée au feu, des feuilles de petites pervenches (*Vinca minor*) qu'elle s'applique également sur la poitrine.

# CHAPITRE II

## L'Enfance

LES MALADIES, LES PRIÈRES, LES BER-
ÇEUSES, LES FORMULETTES, LES JEUX,
LES RONDES, LES CHANSONS, CAUSERIES
ET AMUSETTES, LA COMMUNION.

### 1° LES MALADIES

PRÈS de la petite ville de Bain, il y a dans un bois une chapelle sous l'invocation de *Notre-Dame du Coudray*.

Les mères y portent les petits enfants qui ne marchent pas seuls. Elles leur mettent le pied dans un trou pratiqué dans une pierre reposant sur le sol, et elles prient la Vierge du Coudray de permettre à leurs enfants de faire leurs premiers pas.

A Bruz, le jour de la Fête-Dieu, les mères

pour faire marcher les petits enfants, les déposent, aussitôt que la procession a quitté le reposoir, à la place qu'a occupée le Saint-Sacrement pendant la Bénédiction.

Dans la chapelle de Saint-Léonard, commune du Pertre, est une chaîne qui d'après la tradition a servi à étrangler le saint.

On y conduit les enfants les lundis de Pâques et de la Pentecôte, pour les enchaîner un instant, afin de les faire marcher avant l'expiration de leur première année.

A Saint-Malo, on croit fermement qu'en laissant deux petits innocents s'embrasser, c'est-à-dire deux tout petits bébés ne sachant pas encore parler, l'un des deux sera muet.

Les mères recommandent aux nourrices de veiller à ce que les enfants ne s'embrassent pas.

On rencontre dans la commune de Saint-

Thual, canton de Tinténiac, sur la propriété de M. Vauclin, une chapelle presque en ruines qui est sous le patronage de saint Aragon.

On y porte les enfants qui ont sur la figure ce qu'on appelle du *feu sauvage* ou bien encore *la râche*, et ce qu'on nomme à Saint-Thual le mal Saint-Aragon.

Lorsque les prières sont terminées, les parents déposent aux pieds du saint le bonnet de l'enfant. Il y a des quantités de bonnets dans la chapelle de Saint-Thual.

A Saint-Ouen-des-Alleux, voici comment se fait pour la guérison de *la râche* chez les enfants, ce qu'on appelle un *viage* (pèlerinage).

Lorsqu'un pauvre petit être, du sexe masculin, est atteint de la maladie dont il s'agit, son père et sa marraine se rendent à jeun et à pied, à l'église de Saint-Ouen-des-Alleux, porteurs du bonnet et de la chemise que l'on a retirés le matin même à l'enfant. Après une prière, ils déposent ces objets sur l'autel et versent dans un tronc spécial l'argent d'une messe.

Si c'est une fille, le pèlerinage est fait par la mère et le parrain, mais dans les mêmes conditions.

Si les gens sont du pays, le petit malade les accompagne, si, au contraire, ils sont de loin, on laisse l'enfant à la maison.

Ailleurs, c'est aux pieds de la statue de sainte Radegonde, qui, elle aussi, a le privilège de guérir *la râche*, que l'on aperçoit les *béguins* ou petits bonnets des enfants atteints de cette maladie.

Au haut d'une falaise, près du manoir de Beauregard, dans la commune de Saint-Méloir-des-Ondes, coule la fontaine de Sainte Radegonde, but de pèlerinage pour les enfants malades, surtout ceux dont la dentition ne se fait qu'avec peine.

Au village de la Haute-Ville, commune de Noë-Blanche, près des ruines d'une antique chapelle, est une fontaine vénérée où l'on mène boire les enfants pour les mettre sous la protection de saint Cyr, que l'on appelle *Saint Cri,* dans le pays.

Dans la commune de Saint-Symphorien est une croix devant laquelle on porte les enfants malades de la fièvre. On dépose cinq sous dans un tronc accroché à cette croix, on dit une prière, et si tout a été fait avec une conviction et une foi profondes, le malade doit être guéri.

La fontaine de Saint-Fiacre est située près des Iffs, sur la route de Saint-Brieuc-des-Iffs. Son eau a le privilège de guérir les coliques des petits enfants.

Pour passer la diarrhée des nouveau-nés

il faut battre des blancs d'œufs, les sucrer, y ajouter une cuillerée d'huile d'olive et leur faire prendre ce remède.

Quand les enfants se grattent sous le nez c'est que les vers leur pissent au cœur, et qu'il est temps de les faire évacuer.

Pour cela, on met autour du cou de l'enfant, s'il est très jeune, un chapelet de gousses d'ail.

S'il est déjà grand, on lui fait boire du lait doux dans lequel on fait bouillir tantôt des racines de poireaux, tantôt des feuilles d'absinthe que les bonnes femmes appellent de *l'herbe sainte*.

On met aussi des feuilles d'absinthe sur la poitrine des enfants qui ont des vers.

Une chapelle appelée Saint-Jouan, est située à quatre kilomètres du bourg de Saint-Malon. On s'y rend en pèlerinage le premier dimanche du mois de mai de chaque année, pour la guérison des enfants qui ont des faiblesses dans les reins et dans les jambes.

Dans une prairie, près de l'église de Lon-
gaulnay, est une fontaine dédiée à saint
Aubin. Au printemps, les mères y conduisent
leurs enfants pour les préserver des maladies
du jeune âge.

*
* *

Le 9 mai, on va en pèlerinage dans l'église
de Poligné pour le mal Saint-Nicolas, qui
consiste dans des convulsions, des coliques
et crises nerveuses.

Lorsqu'un enfant est atteint du mal Saint-
Nicolas, les parents attendent que la crise
soit passée pour promettre un voyage au saint.
Si cette promesse était faite pendant l'accès,
l'enfant risquerait de mourir. Une fois le vœu
formé, le malade, bien que guéri, doit faire le
pèlerinage tous les ans, le 9 mai, à jeun.

*
* *

On voit dans l'hospice de Saint-Nicolas, à
Vitré, une très vieille statue peinte et ver-
moulue représentant saint Nicolas en abbé,
avec chape violette, mitre dorée, crosse en

main. A ses pieds, est un baquet dans lequel sont trois petits enfants nus dont on aperçoit la poitrine.

On descend à certain jour la statue sur l'autel et un prêtre évangélise les enfants pour les guérir du mal Saint-Nicolas.

A Bruz, on porte les enfants à l'église devant la statue de saint Nicolas pour être évangélisés. On fait dire une messe et on dépose une offrande dans un tronc placé à cet effet.

Pareille chose a lieu à Saint-Jacques-de-la-Lande, près Rennes.

On guérit aussi le mal Saint-Nicolas en brûlant du buis dans le feu sur lequel on met à fumer les couches qui enveloppent les petits malades.

Une antique chapelle, du nom de Saint-Germain-des-Prés, est située à une petite distance du bourg de Lohéac. De nombreux

pèlerins s'y rendent le 22 septembre, pour
demander à saint André, un saint de cette
chapelle, la guérison du *Dré* [1], c'est-à-dire de
l'oppression ou de l'asthme qui frappe les
enfants aussi bien que les grandes personnes.

A cette occasion une foire a lieu autour de
la chapelle.

Un prêtre, ce même jour, évangélise les
enfants pour les guérir de la peur. On les
amène de très loin et en très grand nombre.

La mère Gervais, du village de la Calvenais
dans la commune de Bain, avait une petite
fille qui était extrêmement peureuse. Le soir,
dans la maison, aussitôt qu'il faisait nuit, elle
tremblait de tous ses membres, n'osant pas
bouger de place, et restait pelotonnée sur elle-
même au coin du foyer.

Elle ne serait pas allée de la table à son lit
sans une lumière.

On la fit évangéliser sans obtenir de résultat.

Une vieille femme consultée sur cette infir-

1. *Dré* est sans doute l'abréviation d'André.

mité déclara qu'on ne la guérirait qu'en la faisant passer, un jour de procession, entre la croix et la bannière.

Or, un jour que la procession devait sortir de l'église de Bain, la mère emmena son enfant avec elle, et toutes les deux se placèrent près de la porte à l'intérieur de l'église.

Aussitôt que la croix arriva près d'elle, et s'inclina pour sortir, la mère poussa sa fille de l'autre côté et la rappela aussitôt à elle. De cette façon l'enfant passa deux fois entre la croix et la bannière.

Depuis ce jour, la petite Gervais n'a jamais eu peur.

*<br>\* \*

Les enfants qui naissent le jour de la conversion de saint Paul, c'est-à-dire le 25 janvier, ont toute leur vie le don de *passer le vlin* (*lisez* venin).

Il leur suffit, pour le faire disparaître, de passer la main sur les maux venimeux occasionnés par les reptiles, les crapauds notamment, les araignées et les *sourds-gares*[1].

1. Salamandres terrestres.

Ils ont aussi le pouvoir de tuer les crapauds rien qu'en les regardant.

Pour se guérir du *vlin,* il faut aller trois matins de suite à jeun chez le *guérissou,* et il est nécessaire que ce dernier soit lui-même à jeun.

*<br>* *

Lorsqu'un enfant est venu au monde, les pieds les premiers il a le don de guérir les entorses. (Bruz.)

*<br>* *

Si une femme est enceinte à la mort de son mari, l'enfant qu'elle mettra au monde pourra faire disparaître les enflures de la gorge, c'est-à-dire les goitres. (Fougeray.)

*<br>* *

Quand les enfants ont les oreillons, qu'on appelle les *joieriaux,* sorte d'inflammation des glandes voisines de l'oreille, on leur frotte le cou à l'auge des cochons, parce que, croit-on, les porcs qui sont très sujets à cette maladie, se

guérissent de cette façon. (Arrondissement d
Redon.)

*
* *

Les mères de famille ne détruisent jamais
complètement les poux dans la tête de leurs
enfants. Elles prétendent qu'il doit toujours
en rester quelques-uns pour éviter des maladies. (Tout le département.)

*
* *

### 2° LES PRIÈRES

Je fil'de la soie,
Sur mon petit doigt;
Pour faire un jupon
A Jésus mignon.
— Où est Jésus ?
— Dans mon cœur.
— Qui l'a mis là ?
— C'est la grâce.
— Qui l'a ôté ?
— Le péché.
Oh! le vilain péché,
Qui a ôté Jésus de mon cœur.

Allez, allez, vilain péché,
Madeleine [1] ne péchera plus.

Mon Dieu, je vous donne mon cœur,
Fermez-le au péché ;
Ouvrez-le à la grâce.
Faites que je vous aime éternellement.
— Où est Jésus ?
— Dans mon cœur.
— Que fait-il ?
— Il repose.
Il a fait sortir le péché.
Oh ! le vilain péché !
— Revenez, mon petit Jésus,
Je ne pécherai plus.

En prenant le pain bénit, à l'église, les
enfants avant de le manger font le signe de
croix et disent :

1. Le nom de Madeleine est remplacé par celui
de l'enfant qui récite cette prière.

Au nom du père,
Au nom de la mère,
Au nom de l'enfant,
Tout ce qui en dépend,
Dans mon *goulet* (dans ma bouche).

En changeant de chemise :

Au nom du Père, du Fils, du Saint-Esprit,
Ainsi soit-il !
Mon Dieu, blanchissez mon âme,
Comme je blanchis mon corps
Pour entrer dans votre Paradis.
Ainsi soit-il !

En se couchant :

Bonsoir, mon bon ange gardien,
C'est à vous que je me recommande.
Vous m'avez gardé pendant ce jour,
Gardez-moi, s'il vous plaît, pendant cette nuit
Dans votre saint amour sans vous offenser.

En se réveillant :

> Mon petit Jésus, bonjour,
> Mes délices, mes délices.
> Mon petit Jésus, bonjour,
> Mes délices et mes amours.
> J'ai rêvé cette nuit
> Que j'étais en Paradis.
> Mais ce n'était qu'un songe,
> La nuit m'a trompé ;
> D'un si grand mensonge,
> Mon cœur est attristé.

*\*\**

Le petit Jésus allait à l'école,
En portant sa croix dessus son épaule ;
Quand il savait sa leçon,
On lui donnait du bonbon :
Une pomme douce,
Pour mettre à sa bouche,
Un bouquet de fleurs,
Pour mettre sur son cœur.
C'est pour vous, c'est pour moi,
Que Jésus est mort en croix.

Petit Jésus, petit agneau,
Prenez mon cœur pour votre berceau.

## La Tricoterie

Pour apprendre à tricoter aux petites filles, les mères placent les fillettes en rond autour d'elles et afin de les habituer à aller vite, elles leur font dire à la fin de chaque aiguillée :

1ʳᵉ aiguillée. Un, le Père.

| | | |
|---|---|---|
| 2ᵐᵉ | — | Deux, le Fils. |
| 3ᵐᵉ | — | Trois, le Saint-Esprit. |
| 4ᵐᵉ | — | Quatre évangélistes. |
| 5ᵐᵉ | — | Cinq plaies de Notre-Seigneur. |
| 6ᵐᵉ | — | Six commandements de l'Église. |
| 7ᵐᵉ | — | Sept sacrements. |
| 8ᵐᵉ | — | Huit béatitudes. |
| 9ᵐᵉ | — | Neuf chœurs des anges. |
| 10ᵐᵉ | — | Dix commandements de Dieu. |
| 11ᵐᵉ | — | Onze mille vierges. |
| 12ᵐᵉ | — | Douze apôtres. |
| 13ᵐᵉ | — | Treize, Judas. |
| 14ᵐᵉ | — | Quatorze allégresses. |
| 15ᵐᵉ | — | Quinze mystères du rosaire. |

aiguillée. Seize, Jésus est dans la crèche.

— Dix-sept, Jésus reçoit un soufflet.

— Dix-huit, Jésus est parmi les
Juifs.

— Dix-neuf, Jésus est dans un
tombeau neuf.

— Vingt, Jésus est parmi les
saints.

existe une autre *tricoterie*, qui va seule-
t jusqu'au chiffre sept, et qui n'est plus
prière.

1$^{re}$ aiguillée. Un, le pain.
2$^{me}$  —  Deux, les œufs.
3$^{me}$  —  Trois, les pois.
4$^{me}$  —  Quatre, la nappe.
5$^{me}$  —  Cinq, le vin.
6$^{me}$  —  Six, la cerise.
7$^{me}$  —  Sept, la muette.

a fillette qui arrive à faire la septième *ai-
llée* dans le tricot est obligée de garder le
nce pendant un tour.

*<sub>*</sub>*

### 3° LES BERCEUSES

Dodo, poulette,
Dodo, fillette,
Traine ta petite charrette
Tout le long du Paradis,
Pour avoir du pain bénit,
De la main de Jésus-Christ.

\*\*\*

Dodo, poulette,
Dodo, fillette.
Si l'enfant s'éveille
On lui coupera l'oreille ;
Mais s'il ne s'éveille pas
On n'la lui coup'ra pas.
Dodo,
L'enfant do,
L'enfant dormira
Tantôt.

\*\*\*

Dodo, le petit,
Puisque papa, maman le veulent;
Dodo, le petit,
Puisque papa, maman l'ont dit.

Papa dit
Qu'il fallait dormir.
Maman dit
Qu'il faut l'endormir.
Dodo,
L'enfant do,
L'enfant dormira
Tantôt.

*\*\*

Bin bette, bin binou,
Poli, polin, polinette,
Bin bette, bin binou,
Poliniou,
Va s'endormiou.

Quand le somm' somm' va venir,
Poli, polin, polinette,
Quand le somm' somm' va venir,
Poliniou,
Va s'endormiou.

Bin bette, bin binou
Poli, polin, polinette
Bin bette, bin binou,
Poliniou,
Va s'endormiou.

Dodo bébé,
Dodo l'enfant.    } bis

Le sommeil est doux à ton âge,
Que le bon Dieu te rende sage
Et te fasse aimer ta maison.

Dodo bébé,
Dodo l'enfant,    } bis

Surtout envers sa bonne,
Il faut être obéissant.

Dodo bébé,
Dodo l'enfant.

\*\*\*

Bercez,
Poulette est sur la branche
Qui jour et nuit se balance,
Dodo, poulette, dodo.

\*\*\*

Il était une bonne femme,
Ma petit' mominette;
Un' bonn' femme d'Alençon,
Ma petit' mominon:

Qui faisait de la bouillie,
Ma petit' mominette.
Dans un vieux chaudron,
Ma petit' mominon !

Elle avait une chatte,
Ma petit' mominette,
Ayant l'minois tout rond,
Ma petit' mominon.
La chatt' pleine d'envie,
Ma petit' mominette,
S'approcha du poêlon,
Ma petit' mominon !

Ell' n'y mit pas la patte,
Ma petit' mominette,
Mais un bout du menton,
Ma petit' mominon.
La bonn' femme en colère,
Ma petit' mominette,
Tua ses p'tits chatons,
Ma petit' mominon !

De la peau des chatons,
Ma petit' mominette,
Elle fit un manchon,
Ma petit' mominon.

Puis des gants tout blancs,
Ma petit' mominette,
Et aussi un plastron,
Ma petit' mominon !

### 4° LES FORMULETTES

Un', deux, trois,
La culotte en bas ;
Quat', cinq, six,
Levez la chemise ;
Sept, huit, neuf,
Tapez *su* l'gros bœuf ;
Dix, onz', douze,
La fesse en est rouge ;
Treiz', quatorz', quinze,
Mettez-y un linge ;
Seiz', dix-sept, dix-huit,
Mettez-le tout d'suite ;
Dix-neuf, vingt, vingt et un,
Il n'y paraît plus rien.

Un, deux, trois.
J'irai dans les bois;
Quat', cinq, six,
Cueillir la cerise;
Sept, huit, neuf,
Dans mon panier neuf;
Dix, onz', douze,
Elles sont tout's rouges.

Colimaçon borgne,
   Montre-moi tes cornes;
Mon grand-père est à l'école,
Il m'a dit que si tu n'me montrais pas
                        [tes cornes,
   Il te couperait la gorge
Avec le couteau de saint Georges.

J'ai vu, dans la lune,
Trois petits lapins,
Qui mangeaient des prunes,
Comm' trois p'tits coquins,
La pipe à la bouche,
Le verre à la main,

En disant : Madame,
Versez-moi du vin.

— Jean, ton enfant crie,
Jean, fais-lui d'la bouillie;
Jean, tu ne la fais pas bien,
Jean, tu n'es propre à rien !

— Jean, ta femme est malade,
Jean, fais-lui d'la salade ;
Jean, tu n'la fais pas bien,
Jean, tu n'es propre à rien.

— Jean, Jean, ta femme est-elle belle?
— Oui, oui, elle est demoiselle.
— Veux-tu m'la prêter ?
Je te la rendrai.
— Prête-la-moi, je t'en prie.
Je te la rendrai dimanche ;
Prête-la-moi, je t'en prie,
Je te la rendrai lundi.

Fanchette, panquette,
Grand' jambe de bois,
Ta mère t'appelle,
Tu ne réponds pas ;
Ell' trempe la soupe,
Tu manges les choux,
Ell' tire les vaches,
Tu bois le lait doux.

\*\*\*

— Turlututu, chapeau pointu,
N'as-tu pas vu carême ?
— Il est là-bas, dans un *pertu* (trou)
A fair' chauffer d'la crème.

\*\*\*

Prêchi, prêcha,
Ma chemise entre mes bras ;
Mon chapeau sur ma tête,
Je suis entré dans un p'tit cabinet,
J'ai vu la mort qui rôtissait un p'tit poulet,
Je lui en ai demandé un petit morceau,
Elle m'a donné cent coups de bâton.
— Est-ce bien fait ? mon maître,
— Oui, grosse bête !

\*\*\*

Un p'tit chien pendu au bout d'un crochet.
Tirez-lui la queue, il vous mordra.
Son grand-père est à la chasse
Avec son bonnet de nuit,
    Bon soir, bonne nuit.
S'il vient un prêtre,
Offrez-lui une chaise ;
S'il vient un enfant de chœur,
Donnez-lui du pain, du beurre ;
S'il vient un porteur d'eau,
Mettez-lui la tête dans un seau d'eau.

*<sub>*</sub>*

Je suis fruitière,
Bon éventaire,
Ma mère, en mourant,
M'a laissé cent francs.
C'est à la halle,
Que je m'installe,
C'est à Paris,
Que j'vends mes fruits.
Pommes de rainette,
Et pommes d'apis.
D'apis, d'apis rouges,
Pommes de rainette

Et pommes d'apis,
D'apis, d'apis gris !

\*\*\*

— Il est midi.
— Qui l'a dit ?
— La petit' souris ;
— Où est-elle?
— Dans sa chapelle ;
— Que fait-elle ?
— Ell' dit la messe ;
— Qui la répond ?
— Trois petits chatons ;
— Qu'allument les cierges ?
— Trois p'tit's bonn's vierges ;
— Qui les éteint ?
— Trois p'tits lutins ;
— Qui sonn'nt les cloches ?
— Trois p'tit's mailloches.

\*\*\*

Margot la pie
A fait son nid
Dans la cour à David.
Si David l'attrape,

Il lui cassera la patte,
Nett', nett', comm' torchette.

— Qu'est-ce que l'ordre ?
C'est un petit bonhomme
Qui danse sur la corde.
— Qu'est-ce que le mariage ?
C'est un' petit' bonn' femme
Qui fait son ménage.

*Formulettes d'élimination*

C'est Madame de Paris.
Prêtez-moi vos souliers gris,
Pour aller au Paradis.
Le Paradis est si joli,
Qu'on y voit des pigeons d'or.
Pigeon d'or est à la messe,
Habillé comme une princesse,
    Paimpon d'or,
La plus belle, la plus belle,
    Paimpon d'or,
  La plus belle dehors !

Une sardine,
Sur un gril,
Tournez-la,
Virez-la.
P'tit bonhomme,
Sauv'toi d'là !

*Ter :*

Un I, un L,
Cadi, cadel,
Super, jumeaux.
Coco,
Anglais, tu n'y es pas.

*Ter :*

Une pomme,
Deux pommes,
Trois pommes,
Bouf !

C'est la petit' Mathurine,
Qui moulait d'la farine,
Tout autour de son moulin.
— Tir' ton doigt, mon petit cousin.

Un' poule deum,
Cahin, cahot,
Mes pieds bourbons,
Joseph Simon,
Cascarinette,
Griffon.

*<br>* *

— J'mangerais bien
La queu'd'un'poire
Qui fleurirait ;
J'mangerais bien
La poire entière.
— Prends ton seau,
Gentill' bergère,
Va tirer de l'eau !

*<br>* *

Petit ciseau
D'or et d'argent,
Ta mèr' t'attend
Au bas du champ,
Pour te donner
Du lait caillé
Que les souris

Ont baratté
Pendant
Une heur'de temps,
Va-t'en !

Celui (ou celle) sur lequel s'arrête le doigt
aux mots de « *Va-t'-en* » se retire. On recommence jusqu'à ce qu'il n'en reste plus qu'un
qui, lui, est le chat.

Les autres vont se cacher et crient : « *Prêts !* »
Alors le chat, c'est-à-dire l'isolé, cherche à
les découvrir et à en attraper un qui prend sa
place.

Il en est de même pour toutes les formulettes
qui se terminent par ces mots : « Dehors ; Va-
t'en ; T'en va ; Plongeons, etc. »

\*\*\*

Un demi deux,
Demi trois,
Demi clou,
Sine tenta,
Monta Gibou,
Germanie,
Quatre citrons,
Plongeons !

*Formulettes à dire très vite*

A Paris, il y a un ourleur, un brodeur, un
              [fanfarlaricoteur
Qui ourle, qui brode, qui fanfarlaricote.
Si j'avais ses ourlements, ses brodements, ses
              [fanfarlaricotements,
J'ourlerais, je broderais, je fanfarlaricoterais
Aussi bien que ce maître ourleur, brodeur,
              [fanfarlaricoteur,
Qui ourle, qui brode, qui fanfarlaricote.

Le riz tenta le rat,
Le rat tenté
Tâta le riz.

Gori
Porc tui
Sel n'y mit.
Porc gâti,
Ver s'y mit.

Variante :

Félix
Porc tua.
Sel n'y mit,
Ver s'y mit.
Lard gâta.

Si j'étais p'tit pot à beurre,
Je me de p'tit pot à beurrerais bien.

Un p'tit baril, venu de Paris,
Bien lié, bien bondé, bien magnificoté.
Si j'avais la liure, la bondure, la magnifico-
[ture,
Je le lierais et le bonderais
Aussi bien que celui qui l'a lié, bondé et ma-
[gnificoté.

Il y avait trois petits pots au feu
Qui pouvaient s'entre-toucher ;
Le petit pot dit au grand pot :
Tire le pot d'auprès du pot,

Car si le pot touchait au pot,
Le pot casserait le pot.

Homme debout file,
Femme debout, taille,
Fille assise, coud,
Enfant assis, joue.

Un cordier cordant, fait de la corde à corder.
Pour accorder sa corde, trois cordons il ac-
[corde,
Mais si l'un des cordons vient à se décorder,
Le cordon décordant fait décorder la corde.

—Grand original, quand te désoriginaliseras-
[tu ?
—Je me désoriginaliserai, au grand jour de la
[désoriginalisation,
Quand tous les grands originaux se désori-
[ginaliseront.

## 5° LES JEUX

On ferme la main que l'on pose ensuite sur son genou ou sur une table.

Bébé, qui sait ce que cela veut dire, vient mettre son petit doigt entre chacun de ceux de la main fermée, en commençant par le bas, et dit :

— La petite souris est-elle passée par là ?

On lui répond :

— Montez *ch'lette*, montez-la (montez l'éche-
[lette, montez-la.)

— La petite souris est-elle passée par là ?

— Montez *ch'lette*, montez-la.

Et ainsi de suite jusqu'au sommet du poing, où le dialogue suivant s'engage :

— La petite souris est-elle passée par là ?

— Oui.

— Où est-elle ?

— Dans le pailler.

— Où est le pailler ?

— Le feu l'a brûlé.

— Où est le feu ?

— L'eau l'a éteint.

— Où est l'eau ?

— Les vaches à Maurice l'ont bue.

— Où est Maurice ?

— Il est à couper des bâtons pour battre sa
[femme.

— Défendons-la, défendons-la !

En prononçant ces derniers mots, l'enfant
frappe de toute sa force sur la main de la personne qui joue avec lui.

On prend la main de bébé dans laquelle on
frappe en disant :

Cent écus !
Ma vache est vendue !
Si tu ne la prends pas
Tu iras en prison.

Et avec l'ongle du petit doigt on gratte l'intérieur de la main de l'enfant en ajoutant :

Mignon, mignon, mignon !

*Danse de bébé sur les genoux*

A cheval sur mon bidet,
Quand il trotte il fait un pet,

Prout, prout, prout.

Partons pour Paris,

Sur un petit cheval gris.

     Allons à Rouen,

Sur un petit cheval blanc.

Au pas...au pas... au pas..

Au trot...au trot...au trot.

Au galop...au galop... au galop !

Quand il a trop galopé

Bébé tombe sur le côté.

On fait sauter l'enfant sur les genoux en accentuant le mouvement à partir de : Au pas, au pas. Puis en chantant les deux derniers vers on penche bébé en avant comme s'il allait tomber.

— Tu aimes ton père ?

— Oui.

— Tu aimes ta mère ?

— Oui.

— Tu aimes la Vierge Marie ?

— Oui.

— Tu aimes le petit Jésus ?

— Oui.

— Tu veux souffrir pour lui ?

— Oui.

On serre le bout du doigt de l'enfant qui a dit Oui.

\*\*\*

Il y avait une fois un p'tit bonhomme et une petite bonne femme qui roulaient un petit billot, *caca* pour celui qui dira le premier mot.

Aussitôt que l'un des enfants prononce une parole tous les enfants crient : « *caca* pour toi, *caca* pour toi ! »

\*\*\*

On touche les cinq doigts de bébé en disant :

    Peucero (le pouce).

    Lèche-pot (l'index).

    Longi (le plus long).

    Mal appris (le quatrième).

    Le petit doigt du Paradis.

\*\*\*

    Par la barbe, je te tiens,

    Tu me tiens,

Le premier de nous deux qui rira,
Sur la margoulette, il aura.

Les deux joueurs se tiennent par le menton, et le premier qui rit, reçoit sur la joue un petit soufflet.

Quand le roi va à la chasse,
Il apporte des petits lapins,
Il en tue, il en fricasse,
Il en donne à ses petits chiens.
Berlin, berlin, peste,
Combien l'aiguillette ?
Cinq sous la demie,
P'tit bonhomme, t'es pris !

Variante :

Quand le roi va à la chasse,
Il apporte des bécasses,
Il en tue, il en fricasse,
Il en fait part à ses voisins.
Berlin, berlin, peste,
Combien l'aiguillette ?
Cinq sous la demie,
P'tit bonhomme, t'es pris !

### Le Jeu du Furet

Des enfants se mettent en rond les poings fermés et, en le cachant, font circuler de main en main un petit caillou. Ils disent :

— Cache bien, p'tit blanc, parce que tu l'as,
   Cache bien, p'tit blanc, parce que tu l'as.
— P'tit bonhomme, que cherches-tu ?
— Un p'tit blanc que j'ai perdu.
         — Sur qui prends-tu ?

Celui qui a été désigné par le sort pour être le furet doit indiquer dans quelle main se trouve le caillou ; autrement il donne un objet quelconque en gage. Cet objet ne lui est rendu que contre une pénitence.

### Le Jeu du Chat

D'un côté le chat.

D'un autre côté tous les autres enfants qui chantent en mettant le pied sur le terrain qui est la propriété du chat :

         — Je suis sur tes terres,
              Mon petit chat,

Sans ta permission,
Mon mignon !

Celui que le chat touche sur son terrain devient chat à son tour.

— J'ai perdu ma brebis,
Bir li bi.
— De quelle couleur est-elle ?
Bir li bi.
— De la couleur de Saint-Denis,
Bir li bi.
— Sur qui ?
— Sur cognovi    } *trois fois.*
— Sur qui ?

On nomme un des joueurs et on court après lui en le frappant à coups de *garruches* (mouchoirs roulés et cordés).

On dit à une fillette :
— La compagnie vous plaît-elle ?

Si elle répond *oui*, l'enfant qui a fait la question l'embrasse et une autre recommence.

Si, au contraire, elle répond *non*, elle doit choisir une autre jeune fille qui la remplace.

Alors à ce moment tous les mouchoirs cordés se lèvent et frappent sur le nouveau chat jusqu'à ce qu'il soit rendu à sa place.

\*\*\*

Qui ne connaît?

Petit peta

Qu'embrassera-là?

Un enfant a la figure cachée sur les genoux de quelqu'un et l'on désigne un objet ou une personne présente en disant :

— Petit peta

Qu'embrassera-là?

S'il ne devine pas immédiatement, il reste à genoux et la tête cachée jusqu'à ce que le hasard ou l'indiscrétion d'un joueur lui fasse découvrir l'objet ou la personne qu'il doit embrasser.

\*\*\*

## Colin-Maillard

Quand les garçons jouent à colin-maillard,

et que celui d'entre eux, qui a un bandeau sur les yeux, saisit quelqu'un, il dit :

— *J'tiens la pie !*

L'un des joueurs répond :

— Sur qui ?

Le garçon à la vue bandée doit nommer celui qu'il tient ou lui rendre la liberté.

On ne lui enlève le bandeau que lorsqu'il l'a reconnu et alors ce dernier prend sa place. Les joueurs se sauvent et chantent :

Les gamins du diable,

Dans le pot à beurre,

Les gamins du diable,

Ils ont mis mon chat.

Ou bien encore :

Par chez nous on pêche à la ligne,

Faut toujours tirer le filet.

### Sainte Catherine

Plusieurs garçons marchent en clochant et disent à celui qui remplit le rôle du chat :

— ·Sainte Catherine, sainte Catherine, dormez-vous ? (*bis*).

— Oui, jusqu'à ce que mes enfants soient réveillés.

— Voulez-vous m'en donner un?

— Je vous en ai donné un l'autre jour, qu'en avez-vous fait ?

— Je l'ai mis sur le bord du puits, le loup l'a mangé.

— Fallait courir après.

— J'ai tant couru, tant couru que je me suis cassé une jambe (*bis*).

— Faut aller au *Reboutou*.

— Le *Reboutou* ne sait que me faire.

— Faut aller à la *Reboutouse*.

— La *Reboutouse* ne sait que me faire.

— Prenez le plus vilain, laissez-moi le plus beau.

Le chat saisit un enfant qui prend sa place, et on recommence toujours en clochant.

*<br>* *

*La Dragonne.* — (*Jeu de l'Épingle*)

Ah! Madame, venez compter,
Et comptez combien nous sommes,

Car nous sommes habitués
De compter à la dragonne :
    Tra lala deridera.
    Tra lala deridera.
    Tra lala deridera.
Trente deux sont-ils par là ?

Cela se dit en chantant. En prononçant chaque mot, on enfonce une épingle dans un carré de papier et il doit y avoir trente deux trous puisqu'on a prononcé trente-deux mots.

S'il y en a plus ou moins, on recommence.

### Le Jeu de la Crosse

En hiver, les *pâtous* qui gardent leurs troupeaux sur les landes, jouent à la crosse pour se réchauffer. Voici en quoi consiste ce jeu :

Cinq ou six garçons se réunissent et creusent en terre, avec lèur eustache, un trou large comme les deux mains, où sont déposés des épingles ou des pois, des centimes ou bien encore des canettes, des châtaignes, des

pommes, etc., c'est-à-dire la mise des joueurs.
Puis ils s'éloignent à vingt cinq ou trente
pas, et chacun creuse alors, pour soi, un trou
plus petit dans lequel il place un caillou rond.
Ensuite tous armés d'un bâton terminé par
une crosse, cherchent à envoyer d'un seul
coup, leur pierre dans le trou du milieu où est
placé l'enjeu. Celui qui réussit empoche tout
ce qui s'y trouve.

J'ai vu, par un grand froid, dans un pâtis
du village de la Boufetière, commune de Pancé·
des jeunes gars et des jeunes filles qui, pour
se réchauffer, se plaçaient en face les uns des
autres et levaient vivement, en les frappant
l'un contre l'autre, la main droite et le pied
gauche, puis la main gauche et le pied droit,
en chantant:

> Siperli, siperla,
> Siperli lanli lanlère,
> Siperli, siperla,
> Siperli lanli, lanla !

Enfilons l'aiguille, l'aiguille,
Enfilons l'aiguille et le peloton !

On s'aligne par rang de taille en se donnant la main. Les deux plus grands lèvent les bras et ceux de l'autre extrémité de la chaîne se précipitent sous cet arc, en chantant :

Enfilons l'aiguille, l'aiguille,
Enfilons l'aiguille et le peloton !

Puis ils reviennent sur leurs pas et recommencent, en faisant en sorte de ne pas briser la chaîne. Ceux qui viennent à se séparer donnent un gage.

Sur les landes de Lohéac, je rencontrai un jour un groupe de petits pâtres qui, pour désigner celui qui poursuivrait les autres, disaient un *oranbas*, ce que les petittes filles appellent dans les écoles, *un ter*.

Du bibi,
Du bobo,
Carafi,
Carafo,
Du triage,
Du coco.

Celui sur lequel le mot « *coco* » venait à tomber était pris. Alors il criait :

— L'alouette pihuit à mon collet,
Les derniers pris la *diront-i ?*

Les autres répondaient en se sauvant :

— Oui.

Le chat courait après eux, et le dialogue suivant s'engageait entre lui et le premier qu'il arrêtait :

— D'où es-tu ?

— De Nantes.

— Où *sont-i* tes frères ?

.— En champ.

— *Ide* (aide) *ma* à les prendre.

Et tous les deux couraient après les autres, et ainsi de suite jusqu'au dernier qui, à son tour, recommençait l'*oranbas :*

Du bibi,
Du bobo, etc.

6° RONDES ET CHANSONS

Dans les faubourgs de Rennes, les petites filles de trois à quatre ans, dansent la ronde suivante :

Dansons la capucine,

*N'y a* pas de pain chez nous ;

*Y-en a* chez la voisine,

Mais ce n'est pas pour nous,

Chou !

Au mot de chou, les fillettes s'accroupissent et se relèvent aussitôt toutes ensemble, et recommencent le même couplet.

Deux enfants se tiennent les mains en les croisant et chantent :

En allant au bois,

J'ai perdu mon soulier,

Mon sabot,

Tourne larigot !

Et ils pivotent de façon que celui de droite passe à gauche.

J'ai des poules à vendre,

Des noires et des blanches,

Quatre, quatre pour un sou.

Mademoiselle, détournez-vous.

On se tient par la main et au dernier vers on se détourne.

On chante le même couplet une seconde fois et on termine en disant : « *Retournez-vous !* »

\*\*\*

J'ai perdu hier au soir,
Le bouquet de ma mie,
Je suis v'nu le chercher,
Au péril de ma vie.
En passant par-devant moi,
Belle bergère, embrasse-moi,
Embrass', embrass', embrasse.
Beau cavalier, ne t'fâche pas
    Si j'embrasse ta mie,
C'est qu'en passant par-devant moi,
    Ell' m'a paru jolie.
Pour te dédommager d'retour,
    Embrass'la à ton tour.
Embrass', embrass', embrasse.

\*\*\*

Le long de ce p'tit bois charmant,
Quand on voit c'la qu'l'on est bien aise :

Le long de ce p'tit bois charmant,
Quand on voit c'la qu'l'on est content !
Un'demoisell' va s'y promenant,
Quand on voit c'la qu'l'on est bien aise ;
Un'demoisell'va s'y prom'nant,
Quand on voit c'la qu'l'on est content !
Un beau Monsieur va la suivant,
Quand on voit c'la qu'l'on est bien aise ;
Un beau Monsieur va la suivant,
Quand on voit c'la qu'l'on est content !
Ils s'asseyent tous deux sur un banc,
Quand on voit c'la qu'l'on est bien aise ;
Ils s'asseyent tous deux sur un banc,
Quand on voit c'la qu'l'on est content !
Ils se donn'nt un baiser charmant,
Quand on voit c'la qu'l'on est bien aise ;
Ils se donn'nt un baiser charmant,
Quand on voit c'la qu'l'on est content !
Ils s'en revienn'nt tous deux des champs,
Quand on voit c'la qu'l'on est bien aise ;
Ils s'en revienn'nt tous deux des champs,
Quand on voit c'la qu'l'on est content !

— Qui marierons-nous
Par ce jeu d'amourette ?
Qui marierons-nous
Par ce jeu d'amour ?
— Mamz'elle, ce sera vous
Par ce jeu d'amourette ;
Mamz'elle, ce sera vous
Par ce jeu d'amour.

On fait entrer la jeune fille au milieu de la ronde.

— Qui choisirez-vous
Par ce jeu d'amourette ?
Qui choisirez-vous
Par ce jeu d'amour?
— Monsieur, ce sera vous,
Par ce jeu d'amourette ;
Monsieur ce sera vous,
Par ce jeu d'amour.
— Entrez dans ce rond,
Par ce jeu d'amourette ;
Entrez dans ce rond,
Par ce jeu d'amour.

Le garçon va rejoindte la jeune fille au milieu de la ronde.

— Mettez-vous à genoux,
Par ce jeu d'amourette ;
Mettez-vous à genoux,
Par ce jeu d'amour.
— Faites-vous les yeux doux,
Par ce jeu d'amourette ;
Faites-vous les yeux doux,
Par ce jeu d'amour.
— Et confessez-vous,
Par ce jeu d'amourette ;
Et confessez-vous,
Par ce jeu d'amour.
— Et relevez-vous,
Par ce jeu d'amourette ;
Et relevez-vous,
Par ce jeu d'amour.
— Puis embrassez-vous,
Par ce jeu d'amourette ;
Puis embrassez-vous,
Par ce jeu d'amour.

Ne somm's-nous pas cousins cousines.
Ne somms'-nous pas cousins *tretous* ?

— Mad'moiselle, cela s'adresse à vous,
Ne somm's-nous pas cousins cousines,
Ne somm's-nous pas cousins *tretous?*
— Entrez dans la danse :
Ne somm's-nous pas cousins cousines,
Ne somm's-nous pas cousins *tretous?*
— Fait's la révérence :
Ne somm's-nous pas cousins cousines
Ne somm's-nous pas cousins *tretous?*
— Choisissez qui vous voudrez :
Ne somm's-nous pas cousins cousines,
Ne somm's-nous pas cousins *tretous?*
— Et embrassez-vous !
Ne somm's-nous pas cousins cousines,
Ne somm's-nous pas cousins *tretous?*

— Où allez-vous, la mèr' boiteuse ?
Mir lon fli, mir lon fla.
— Je vais au bois céleste,
Mir lon fli, mir lon fla.
— Quoi faire au bois céleste ?
Mir lon fli, mir lon fla.
— Cueillir la violette,

Mir lon fli, mir lon fla.
— Si vous rencontrez le diable ?
Mir lon fli, mir lon fla.
— Je lui ferai des cornes,
Mir lon fli, mir lon fla.
— Si vous voyez la Vierge ?
Mir lon fli, mir lon fla.
— Je lui ferai trois révérences,
Mir lon fli, mir lon fla.

En r'venant de cueillir la violette,
J'ai perdu ma petite fleurette,
En mettant mon pain au four,
Vive l'amour !

*La petite bonne Femme*

Il était une fois
Un' petit' bonn' femme
Qui courait par tout' la ville
A dada sur un bâton ;

Quand ell' fut entr' deux portes
On entendit un coup de canon.
             Prout !!!
La petit' bonn' femme
Eut si grand peur
Qu'ell' fit caca
Dans ses jupons ;
Vous aurez du rôti
Et d'la soupe à l'oignon.

*<br>* *

C'est un' petit' chanson
De morue et de poisson.
      Mite, mite,
      La v'là dite,
      Moute, moute,
      La v'là toute.

*<br>* *

Quand Margoton va seulette,
Ell' ne m'aime plus r'lu tu tu ;
      La petite follette,
Rit de ma chansonnette,

Tous mes soins sont superflus,
R'lu tu tu, r'lu tu tu.

La personne qui chante ce couplet est au milieu des joueurs et en chantant, elle imite, par gestes, un instrumentiste quelconque.

Or, comme au commencement du jeu tout le monde a dû choisir un instrument, celui ou celle qui ne se le rappelle pas ou bien qui, par distraction, ne regarde pas la personne qui chante et ne fait pas comme elle, donne un gage.

### 7° CAUSERIES ET AMUSETTES

Un jour, je vis plusieurs petits paysans qui regardaient une alouette, à peine visible dans la nue, et dont on entendait cependant encore le chant.

L'un d'eux demanda aux autres :

— *S'avous ce qu'elle dit là-haut à c'tt' heure qu'elle a pou de chaie*[1] ?

— Nennin.

1. Peur de tomber.

—*Eh ben ! elle dit comme ça :* « *Mon Dieu,
Je n'jurerai pu, mon Dieu, je n'jurerai pu.*

« *Et une fa r'descendue sur la lande, elle
va cor crier :* « *Cinq cent mille diables, que
j'étais haut !* »

Un tout petit garçon répliqua : — Mon père
ne raconte pas ça de même, *li*.

— *Eh ben !* que *dit-y* ? dirent les autres.

— Quand l'alouette est *ben* haut, elle chante :

« Mon bon Dieu, laissez-*ma* passer,

Je *n'bairai pu*

Car je *n'veux pu baire*,

Mon bon Dieu, *laissez-ma* passer.

Je *n'bairai pu* pour me *saouler*. »

Et quand elle est descendue :

Le bon Dieu m'a laissé passer,

Je *bairai cor*,

Je *bairai cor*.

Le bon Dieu m'a laissé passer,

Je *bairai cor*

Pour me *saouler* !

Un troisième ajouta : — *S'avous c'que* les
coqs disent quand y chantent ?

— Je *n'savons* point.

— Le premier dit :

« J'ai du grain dans mon grenier ! »

Le second :

« J'en ai quand *j'veux !* »

Un troisième, pauvre *tire-misère* enfermé dans une mue :

« V'z êtes *ben* heureux ! »

*La Semaine du Paresseux*

Lundi, mardi, fête,
Mercredi, peut-être,
Jeudi la Saint-Nicolas,
Vendredi on ne travaille pas.
Samedi on se repose,
Et le dimanche on ne fait rien.

Les enfants vont, au printemps, arracher dans les prairies des racines de *janottes*. C'est une petite ombellifère que les savants appellent *Carum denudatum*.

Le tubercule de cette plante a la forme d'une petite truffe blanche. Il n'est pas désagréable au goût et les enfants le mangent cru, malgré la défense des mères qui prétendent que l'absorption de cette racine amène des poux dans les cheveux.

(Saint-Laurent, près Rennes.)

Quand les petits garçons affirment ou promettent quelque chose entre eux, ils s'entrelacent le petit doigt en disant :

Crochi, crocha,
Le premier des deux qui mentira
En enfer il ira.

Les enfants ont souvent dans leurs poches des cornes de cerf-volant (nom vulgaire du lucane). Ces cornes doivent leur porter chance et les faire gagner aux jeux.

Les mères envoient leurs petits garçons aux processions des Rogations qui ont lieu au mois de mai, dès cinq heures du matin. « Si vous n'y alliez pas, leur disent-elles, vous n'apprendriez pas de nids. »

Autrefois, dans les villages, lorsque les petits enfants étaient encore en robe, on reconnaissait les garçons à une mèche de leurs cheveux sortant par le haut de leurs bonnets, — dits à trois quartiers,— qui enserrent la tête et s'attachent sous le menton avec des filets.

On fait croire aux enfants qu'ils doivent porter dans leurs jardins une petite botte de foin pour la Mi-Carême, qui leur donnera en échange des bonbons et des jouets que l'on a soin de cacher dans les grands buis ou les lauriers.

On les engage à chercher, et lorsqu'ils les

découvrent, c'est un étonnement et une joie
excessive.

A la fin du Carême, le jeudi saint au matin,
les cloches partent pour Rome et ne reviennent que le samedi suivant.

Pendant leur absence, ce sont les enfants
qui, soir et matin, parcourent les rues du
bourg avec des clochettes de toutes grosseurs
qu'ils appellent des *taupanes*. Ils les agitent
avec force afin d'inviter les chrétiens à se
rendre à l'église pour entendre la prière.

On dit aux enfants que les cloches qui
reviennent de Rome le samedi saint sèment
des œufs rouges sur leur passage.

A cet effet, on cache çà et là, dans les jardins, des œufs durs qu'on a fait cuire avec
des pelures d'oignons, ce qui leur donne une
teinte rouge. Les enfants les cherchent quand
les cloches sont revenues.

*La Coccinelle (Bête à bon Dieu).*

Quand on s'empare d'une coccinelle, il faut la mettre à s'envoler ou la déposer sur l'écorce d'un arbre. Alors elle monte au ciel, devient un ange et garde votre place dans le Paradis.

Lorsqu'un enfant aperçoit un arc-en-ciel, il s'arrache un cheveu, l'allonge dans sa main gauche toute grande ouverte, crache au milieu et dit :

Arc-en-ciel brillant,
Par la grâce de Dieu,
J'te coupe par le mitan (milieu).

Joignant le geste à la parole, il frappe du revers de la main droite au milieu de la salive qui vole en tous sens.

Après cela l'arc-en-ciel doit être coupé en deux.

(Bain-de-Bretagne.)

A Pleurtuit, sur la limite de l'Ille-et-Vilaine

et des Côtes-du-Nord, la formule de l'arc-en-
ciel a une variante :

Lorsqu'un enfant aperçoit un arc-en-ciel,
il en informe aussitôt un camarade qui, lui,
ne doit pas lever les yeux au ciel. Au contraire,
il s'arrange de façon à tourner le dos à l'arc-
en-ciel, et alors crache sur le dessus de sa
main gauche, et avec la droite, tout en récitant
les paroles ci-après, frappe alternativement
à droite, à gauche, puis au milieu de la salive:

> *Arc-en-cié, arc-en-cié,* .
> Si tes *ouées* [1] pass'nt dans mon blé,
> J'te coup'rai par la *maitié* [2],
> O mon *faufillon* [3] *d'acié.*

Quand un enfant perd une dent, on lui dit
de la mettre derrière la porte pour faire péter
les bonnes femmes qui entreront dans la
maison.

Une personne du village de la Calvenais,

1. Tes oies.
2. Moitié.
3. Faucillon.

dans la commune de Bain, arrachait les dents,
et on l'accusait de les semer devant les bonnes
femmes pour les faire péter.

### A l'École

B — a — ba — mon maître me bat,
B — e — be — je me défendrai,
B — i — bi — à coup de fusil,
B — o — bo — à coup de sabot,
B — u — bu — à grands coups de pieds
dans le cul.

\*\*\*

A l'époque de la Toussaint, quand des ban-
des de corbeaux vont se coucher, les enfants,
en les voyant passer sur leur tête, crient :

> *Grolles, grolles, grolles,*[1]
> La dernière rendue
> Aura la crotte au cul.

\*\*\*

1. Nom donné aux corbeaux appelés Freux
par les naturalistes.

La veille au soir de la fête de Noël, les petits
garçons vont par les rues des villages et des
bourgs, portant chacun une chandelle allumée,
entourée de papier huilé pour empêcher le
vent de l'éteindre. Ils s'arrêtent devant les
portes en nasillant :

> « Chantons Noël,
> Ma bonne femme,
> Pour une pomme,
> Pour une poire,
> Pour un p'tit coup de cidre à boire ! »

Et on leur donne des fruits ou des sous.

A Vitré, pendant la semaine de Noël, les
choristes de chaque paroisse vont, en soutane
rouge, de porte en porte, chez tous les habitants chanter des Noëls. Ils sont généralement
bien accueillis dans chaque maison où on
leur donne de l'argent qu'ils partagent entre
eux.

> Alléluia ! alléluia ! alléluia !
> Alléluia du fond du cœur,
> Ayez pitié d'vos enfants d'chœur,

Et le bon Dieu vous récompensera,
Alléluia ! alléluia ! alléluia !
Ou bien encore :
Alléluia ! du fond du cœur,
Nous sommes les enfants de chœur.
Un jour viendra, Dieu vous l'rendra,
Alléluia ! alléluia ! alléluia !

*Chansons de petits Polissons*

Un petit bonhomme
Pas plus gros qu'un rat,
Qui battait sa femme,
Par-dessous son bras :
— Attends, ma coquine,
Cela t'apprendra
A boir' la chopine
Quand je n' suis pas là.
— Oh ! le vilain homme,
L'affreux scélérat,
Voici l'commissaire
Qui te coffrera.

Quand j'étais petit.
Je n'étais pas grand,
Je montrais mon cul
A tous les passants.
— Cache ton cul,
   Petit' peste,
Tout l'monde le verra ;
Mets-le dans ta chemise,
Car voici mon chat.

### 8° LA COMMUNION

La communion est l'acte le plus important
de la période de l'enfance.

Pendant les trois jours de retraite qui pré-
cèdent la communion, chaque soir, à l'issue
du dernier office à l'église, on renvoie d'abord
les filles, puis vingt minutes après les garçons.

Chaque groupe s'en va en récitant le chapelet. L'un des enfants dit la prière et tous
les autres répondent en chœur.

Lorsqu'un garçon ou une fille arrive à sa
demeure, ou au chemin qui y conduit, il quitte

la bande sans rien dire et sans que les autres interrompent leurs prières.

Le matin, après la messe de sept heures, le midi, et à la collation de quatre heures, les garçons s'en vont manger chez l'instituteur et les filles chez les religieuses.

Ceux qui appartiennent à des familles à l'aise apportent des vivres dans un panier. Les pauvres, eux, sont nourris au moyen des dons en nature et en argent, — le plus souvent en nature, — faits par les habitants de la commune.

L'instituteur laïque ou religieux conduit les garçons à l'église pendant tout le temps de la retraite, les surveille et les promène dans la campagne aux heures de récréation.

Les religieuses de leur côté en font autant.

Un peu avant la communion a lieu le classement des enfants à l'église par le vicaire qui a fait le catéchisme.

Les premières places sont, pour les mères, un sujet d'orgueil et un sujet de chagrin pour celles dont les enfants sont ignorants.

Le vicaire à la campagne, n'est récompensé de ses peines pour avoir fait le catéchisme toute l'année, que par les cierges que portent les enfants le jour de la communion et qui lui appartiennent de droit.

On a vu autrefois des mères mécontentes de voir leurs enfants mal placés, les faire rapporter leurs cierges chez eux. C'est alors que la mesure fut prise que les cierges une fois entrés dans l'église n'en sortiraient plus.

Je me souviens que dans mon village, des enfants n'ayant pas le moyen d'avoir un cierge, en fabriquaient avec une chandelle emmanchée au bout d'un bâton. Le tout était recouvert de papier blanc avec des frisures.

Les pauvres diables qui portaient ces chandelles étaient tout aussi fiers que les autres.

Les premiers du catéchisme ont généralement de très gros cierges, ce qui fait dire qu'on donne toujours les meilleures places aux enfants riches.

Les parrains et marraines des communiants font cadeau à leurs filleuls, les uns du cierge, les autres d'un livre, d'un chapelet ou d'un souvenir quelconque.

La veille de la communion, les enfants, lorsqu'ils viennent de recevoir l'absolution, vont se mettre à genoux devant leurs parents et leur demandent leur bénédiction.

Il y a deux croix, une blanche pour les filles et une rouge pour les garçons. Elles ont toutes les deux quatre longs rubans de la couleur de la croix.

Ces croix sont généralement en tarlatane garnie de fleurs artificielles rouges ou blanches.

Si les deux premiers du catéchisme (garçon et fille) sont riches, ce sont eux qui *habillent* la croix, qui la sortent de l'église et la portent assez longtemps avant de la passer aux autres dans l'ordre du classement. Les huit premiers ont ordinairement cet honneur. Les autres enfants tiennent les rubans.

Ces croix sont de nouveau portées aux processions des Fêtes-Dieu et de l'Assomption. A la communion suivante, elles sont remplacées par de nouvelles, et les fleurs sont distribuées comme souvenirs par les donateurs à leurs amis et aux autres enfants de la communion.

A Bourg-Barré, le premier garçon et la première fille du catéchisme *habillent* leurs croix ; mais le deuxième achète le ruban de droite et le troisième le ruban de gauche.

Lorsque la croix est détruite, les fleurs sont conservées, à titre de souvenir, sous des verrines comme les bouquets des mariées.

Ce sont les premiers du catéchisme qui, seuls, ont le droit de porter la croix, mais par complaisance ils la cèdent à leurs camarades.

Le jour de la communion, dans quelques communes, les communiants, le clergé, le bas-chœur, se rendent, avant la messe, au presbytère, croix et bannière en tête, chercher le prédicateur de la retraite, qui doit dire la messe et faire les sermons d'usage.

# CHAPITRE III

## La Jeunesse, les Amours, les Conscrits

---

### 1° LA JEUNESSE

Le premier avril, on joue des tours aux jeunes apprentis dans les ateliers. On les envoie chez un voisin demander à emprunter la corde à tourner le vent. On dit aux fillettes d'aller chez l'apothicaire demander de l'huile de pieds de tortue.

Les enfants cherchent à attraper les passants : Ils déposent sur la rue un cornet de papier rempli de cendre, et si quelqu'un se baisse pour le ramasser, ils sortent sur les portes en criant : « *Poisson d'avril ! Poisson d'avril !* »

Les ouvriers forgerons, dans les campagnes, percent une pièce de deux sous et la clouent au milieu de la rue avec une pointe d'une telle longueur qu'il est impossible avec les doigts de la détacher du sol. Lorsque des personnes cherchent à s'en emparer les ouvriers les plaisantent et leur rappellent qu'elles ont oublié la date du premier avril.

Une assemblée pour les domestiques de la campagne qui désirent se gager, a lieu à Rennes, sur le Champ-de-Mars, le jour Saint-Pierre (29 juin de chaque année).

Cette foire aux gens est bien étrange en cette fin de siècle, et fait l'étonnement des étrangers qui se trouvent de passage à Rennes ce jour-là. Et cependant c'est une fête pour ces jeunes paysans qui en parlent toute l'année et s'y donnent rendez-vous.

Garçons et filles sont là, debout, par groupes attendant qu'on vienne les demander. Quelquefois c'est leur maître de l'année agricole écoulée, qui contracte avec eux un nouveau marché.

Les domestiques des deux sexes qui veulent se gager pour l'année entière portent : les gars une rose au chapeau et les filles un bouquet au côté. Presque tous ont une petite gaule à la main.

Les charretiers ont leur fouet autour du cou.

Les hommes, et parmi eux souvent des vieillards, qui ne veulent prendre d'engagement que pour le temps de la moisson (qu'on appelle la métive), ont un épi de blé vert au chapeau.

Lorsque le marché est conclu, maîtres et valets vont boire ensemble sous les tentes dressées à cet effet.

Quand les maîtres sont partis les gars offrent aux filles des tournées de café et de petits verres d'eau-de-vie ou de liqueurs qu'ils absorbent en poussant des cris sauvages.

Il y a des fermes où les domestiques sont considérés comme étant de la famille, où ils sont bien payés, bien nourris, leur linge raccommodé, leurs vêtements entretenus. C'est à qui naturellement cherchera à entrer dans ces maisons. Aussi les maîtres choisissent-ils leurs serviteurs parmi les jeunes gens du pays, travailleurs, honnêtes et de bonne conduite.

Ces agriculteurs ne vont point aux assemblées, et il faut entendre les fermières, dire avec dédain :

> Fille d'assemblée,
> Fille éventée.

Des assemblées créées dans le même but ont lieu à Ercé-en-Lamée et à Bourg-des-Comptes, le dimanche qui suit la Saint-Jean. A Pléchâtel, c'est le dimanche qui suit la Saint-Pierre.

Là, les filles ont une gaule à la main et les garçons une rose au chapeau.

A Vitré, le lundi qui suit la Saint-Georges (23 avril), les cultivateurs louent leurs domestiques qui n'entreront chez eux que le premier novembre.

Ce marché a lieu à Vitré, place Saint-Yves.

Les filles ont un fuseau à la main et les garçons le fouet autour du cou.

Le marché n'est conclu que lorsque maîtres et serviteurs ont bu une chopine ensemble, et que le denier à Dieu a été compté.

### La foire des Terreneuvas

Le lundi 7 décembre de chaque année, a lieu à Miniac-Morvan, *la Foire des Terreneuvas*.

C'est dans cette assemblée, célèbre chez les gens de mer, que se fait l'embauchage annuel des marins pour la campagne de pêche de Terre-Neuve. Plus de deux mille pêcheurs accompagnés de leurs familles s'y rendent de tous les points du littoral.

Les engagements se font à salaire fixe ou à la part. Toujours, la nourriture et le transport sur les lieux de pêche sont compris dans la paie. Dans les deux cas, les armateurs font des avances discutées comme les autres parties de l'engagement ; ces avances varient de 200 à 400 fr., suivant l'homme, ses capacités et sa fonction à bord.

L'embauchage se pratique dans les cabarets, sans écriture : la tape donnée dans la main et la bolée de cidre bue au tonneau de la foire servent de signature.

Dans les environs de Vitré, pendant les veillées d'hiver, les domestiques de ferme fabriquent des vans, des manches de fouet et des fourches de bois pour faner le foin. Ces objets leur appartiennent. Ils vont les vendre à Vitré dans la matinée du jeudi saint.

### 2° LES AMOURS

Dans la nuit qui précède le premier mai, les jeunes gars des bourgs et des villages de l'Ille-et-Vilaine vont attacher un bouquet, qui s'appelle *un Mai,* à la porte de leurs fiancées ou de leurs bonnes amies, et ceux dont les avances n'ont pas été agréées, accrochent, pour se venger, un grand chou fleuri à la porte des insensibles.

Dès trois heures du matin, les curieux se lèvent pour aller voir *les Mais* attachés aux portes.

Dans quelques communes des environs de Redon, une autre coutume est encore en usage : Une bande de garçons s'en va, dans la soirée du 30 avril, quêter des œufs en chantant les couplets suivants :

« Voici le mois de mai tout rempli de violettes ;
Les fill's et les amants changeront d'amou-
[rettes ;
  Ils partiront, sans fair' tort à la loi,
  A la sorti'du mois d'avril,
  A *l'arriver* du mois de mai.
Entre vous, bonnes gens, qu'avez de la vo-
[laille,
Mettez la main au nid, n'apportez pas la paille ;
  Apportez-nous la douzaine et demie
  Et n'apportez pas les pourris.
Si vous n'voulez *ren* nous donner,
  Donnez-nous la servante ;
La fille du logis est bien notre demande,
Je la mèn'rons cette nuit o nous

Et la ramènerons au point du jour.
En vous remerciant, le maître et la maîtresse
De nous avoir donné des œufs par la fenêtre,
Nous prierons Dieu et l'bon saint Nicolas
    De garder vos poules du *rumas* [1].
Nous prierons Dieu et l'bon saint Nicolas
De marier vos filles avec nos gas. »

Lorsqu'on ne leur donne pas d'œufs, les chanteurs s'en vont en criant :
En vous remerciant, bonn' femme, cul creux,
Qui n'avez pas *v'lu* nous donner *d'z'œufs*,
    Le cul à vos poul's périra.
      Alléluia ! alléluia !

*<br>* *

Aux environs de Rennes, à Betton notamment, on chante la chanson de *Mazi-Mazette* à la porte des fermes dans la nuit du 30 avril au premier mai. C'est une variante de la précédente.

*Mazi Mazette*

I

Mazi-Mazette,<br>Voulez-vous l'écouter ?

1. Maladie des poules.

A votre porte
On va vous la chanter :

## II

Le joli mois d'avril
Où l'on marie les filles,
Je le vois bien par *ma*,
Car mon père m'y marie.
S'il me marie, ce n'est pas malgré *ma*,
A l'arrivée du joli mois de *ma* (mai).

## III

Le joli mois de *ma*,
Le mois le plus plaisant,
Où les filles, les garçons,
Auront de la souvenance ;
Vous les verrez deux à deux par sous l'bras,
A l'arrivée du joli mois de *ma*.

## IV

Le joli mois d'avril,
Qui met sa femme en couche,
Il n'a rien à lui donner,
Qu'une pochée de croûtes.
Donnez-lui va du vin, elle en boira,
A l'arrivée du joli mois de *ma*.

## V

Le maître de la maison,
Qui descend dans la cave
Le *piché* dans la main,
Le ver' dessus la table.
Versez-en *va* au moins cinq à six *fas* (fois),
A l'arrivée du joli mois de *ma*.

## VI

Le maître de la maison
Qui couche *o* la maîtresse,
Si vous n'la caressez pas,
*Elle n'en s'ra pas ben aise.*
Caressez-la au moins cinq à six *fas*,
A l'arrivée du joli mois de *ma*.

## VII

Bonnes gens, vous qui dormez,
Nous qui somm's dans la peine,
A chasser les renards
Qui sont dans vos *avaines* (avoines).
Ils mangeront vos poul's et vos dindons,
Tout alentour de vos jolies maisons.

## VIII

Donnez-nous va des œufs,

Des œufs de vos poulettes,
Une douzaine ou deux
Pour mettre *o d'l'a vinette* [1].
Donnez-nous va des œufs ou de l'argent,
On s'en ira *ben pu* joyeusement.

IX

Si *v'n'avez ren* à nous donner,
Donnez-nous la servante,
Ou la *fill'* de la maison,
C'est *cor'* la plus plaisante ;
Nous la promèn'rons tout' la nuit *o* nous,
Nous la ramèn'rons d'main au point du jour.

Le premier vendredi de chaque mois, la
jeune fille des environs de Rennes qui veut
connaître le jeune homme qu'elle épousera,
fait ses prières du soir, monte dans son lit le
pied gauche le premier, en disant :

Que Dieu me fasse voir en dormant,
Celui que j'épouserai de mon vivant.

1. Avec de l'oseille.

7

Lorsqu'une jeune fille désire voir en rêve le jeune homme qu'elle doit épouser, elle met, le cinq janvier. la veille des Rois mages, trois feuilles de laurier sous son oreiller et dit en se couchant :

> Gaspard,
> Balthazar,
> Melchior,
> Dites-moi en dormant,
> Qui j'aurai de mon vivant ?
>
> (Bain.)

*
\* \*

A Montfort, la jeune fille qui désire connaître son futur époux doit, dans la nuit de la Chandeleur (du premier au deux février) descendre de son lit, au coup de minuit, le pied droit le premier, et aller regarder dans un miroir devant lequel sont placées deux chandelles qu'elle aura eu soin d'allumer avant de se coucher. Elle y verra l'image de celui qui sera un jour son mari.

*
\* \*

A Saint-Armel, les filles vont piquer des épingles dans le tombeau de saint Armel encastré dans un mur. Elles espèrent, par ce moyen, faire venir les amoureux.

Les jeunes filles du canton de Bain qui sont pressées de se marier, se rendent à la chapelle du Coudray et récitent la prière sui-vante :

> Ma bonn' sainte Vierge,
> Donnez-moi un homme,
> J'vous donnerai un cierge ;
> Donnez-le-moi bientôt,
> J'vous l' donnerai bien gros.

Dans le canton de Louvigné-du-Désert, les menhirs et les dolmens sont nombreux, et chacun d'eux a sa légende.

Quelques-unes de ces pierres sont appelées *Roches Écriantes* (roches glissantes). Elles sont visitées par les jeunes filles à la recherche de maris. Elles y vont en cachette le matin ou le soir, s'asseyent sur le haut de la pierre et se laissent glisser jusqu'en bas. Elles déposent ensuite des bouts de rubans pour permettre aux fées d'attacher la filasse de leurs quenouilles, et l'année ne s'écoule pas avant qu'elles soient mariées. Elles s'y rendent seules et sans être vues, personne autre que les fées ne devant posséder le secret de leur cœur.

Dans la commune de Miniac-sous-Bécherel, est une épine à *trois branches*, connue dans tous les environs sous le nom d'*Épine du Breil*.

Les filles qui ont envie d'un époux doivent aller, certain jour, en faire le tour trois fois de suite, sans parler ni rire. Elles sont certaines d'être mariées dans l'année.

On cite dans le pays de nombreux mariages accomplis par des jeunesses qui avaient rempli, en tous points, les conditions prescrites.

Une autre épine blanche qui se trouve près de la chapelle de l'Épine, dans la commune de Saint-Briac, a le même pouvoir.

Une foire importante a lieu, chaque année,
le mercredi de Pâques, dans la commune de
Saint-Pern, au milieu de la vaste prairie qui
a remplacé l'ancien étang de Légouyer, aujourd'hui desséché. Les jeunes filles venaient
jadis à cette foire (qui se tenait alors sur les
bords de l'étang) chercher des maris qu'un
arbre antique avait la vertu de leur procurer
au seul contact de son écorce. On ajoute
même que quelques-unes d'entre elles tenaient
à traverser l'étang sur le dos de leurs fiancés
pour éprouver leur sincérité.

A Concreuil, dans le canton de Guemené-
Penfao (Loire-Inférieure), mais tout près de
l'Ille-et-Vilaine, les jeunes filles ont toutes
des clous sous leurs sabots, et chacune d'elles
a des clous différents. Tantôt c'est une étoile,
un triangle ou bien les initiales du nom de la
propriétaire des sabots. De sorte que les garçons peuvent facilement, en remarquant l'empreinte des clous sur le sol, suivre leurs bonnes

amies et aller les rejoindre, soit aux champs, soit à l'église.

Les filles de la campagne sont devenues coquettes : Elles vont dans les petites boutiques des bourgs demander pour deux sous de *suivette*. C'est une mauvaise eau de Cologne dont elles se parfument et qui, disent-elles, fait que les gars les suivent à la *sente*. De là vient le nom de *suivette* donné à ce parfum.

Au milieu de la forêt de Rennes, on voit encore les ruines d'une vieille chapelle qui était jadis sous l'invocation de saint Denis.

Une assemblée a lieu le dimanche qui suit le neuf octobre, jour de la fête de ce saint. Elle se tient au rond-point de la mi-forêt.

Toute la jeunesse de Rennes s'y rend et l'on dit à cette occasion :

A l'assemblée de Saint-Denis des bois,
On y va deux,
On en revient trois !

Sur le territoire de la commune de Combourtillé, est un rocher compris dans le fief Robert, autour duquel les jeunes gens fiancés vont, la nuit, à cloche-pied, afin de ne pas être *Robert*, une fois mariés, c'est-à-dire trompés par leurs femmes.

On dit, dans le canton de Bain, d'une femme qui a la coiffe inclinée de côté sur la tête qu'elle *guigne*[1] un veuf.

A Bruz, quand une fille a son châle de travers, on dit également qu'elle *guigne* un veuf.

1. Qu'elle le désire; qu'elle cherche à l'accaparer.

Dans la commune du Pertre est une chapelle dédiée à saint Léonard, le protecteur
des amoureux qui viennent le prier d'exaucer
leur vœu le plus cher.

Voici le récit de deux mariages, — non pas
dans le peuple, mais dans le grand monde, —
que l'on attribue à l'intervention de saint
Léonard :

Il y a trente ans environ, une demoiselle***
avait connu à l'île Maurice un jeune officier
de marine, M. de B*** qui, sans s'en douter,
avait ravi son cœur. De retour en France, la
pauvre jeune fille pensait toujours au bel
officier, désespérant de ne plus le revoir,
ignorant même le pays où il se trouvait.

Un jour qu'elle faisait ses confidences à
l'une de ses amies, chez laquelle elle était
venue passer quelques jours en Bretagne,
celle-ci lui parla de saint Léonard et de la
puissance qui lui était attribuée, lui con-
seillant d'aller à la chapelle du Pertre en pèlerinage, et lui proposant même de l'accom-
pagner. Toutes les deux s'y rendirent et
prièrent ardemment saint Léonard d'exaucer
leur vœu.

Il y avait à peine huit jours que M^{lle} ***
était de retour à Paris, lorsqu'elle rencontra
M. de B ***. On renouvela connaissance, des
visites furent échangées entre les deux familles,
une demande en mariage fut faite et la noce
eut lieu. Depuis cette époque, M^{me} de B ***,
dont le mari est actuellement capitaine de
vaisseau, envoie chaque année un cadeau à
la chapelle de Saint-Léonard.

Voici le second récit :

M. P***, aujourd'hui procureur général en
retraite, dont la famille habita longtemps les
environs de Rennes, avait, étant substitut
dans une petite ville, demandé la main d'une
demoiselle H***, qui devait être une riche
héritière.

Malheureusement pour lui, le jeune ma-
gistrat n'avait pas de fortune et, pour ce
motif, se vit refuser la main de celle qu'il
aimait, et dont il était aimé.

Les parents emmenèrent leur fille en voyage
pour la distraire.

Deux années s'écoulèrent et M. P*** revint
en Bretagne, dans l'arrondissement de Vitré,

où il entendit vanter les miracles de saint Léonard.

Il n'avait pas oublié M^{lle} H*** et, entraîné, lui aussi, par des dames amies de sa famille, alla en pèlerinage à la chapelle du Pertre.

Presque aussitôt il reçut une lettre, datée de Nice, dans laquelle M. H*** lui annonçait qu'en présence de l'état de santé de sa fille qui pensait toujours à lui, il le priait, s'il était encore dans l'intention de l'épouser, d'aller les rejoindre immédiatement.

M. P*** partit aussitôt ; mais quel ne fut pas son désespoir en retrouvant celle qu'il avait connue si belle, si fraîche, aujourd'hui pâle, amaigrie et pouvant à peine se soutenir ! Il n'y avait pas d'illusion à se faire, la mort était proche. M^{lle} H***, de son côté, ne se dissimulait pas qu'elle n'avait plus que peu de jours à vivre. Mais avant de quitter ce monde, elle appela celui qu'elle aimait toujours et lui fit promettre, — ce qui d'ailleurs s'est réalisé, — qu'il épouserait sa sœur un peu plus jeune qu'elle.

La pauvre mourante voulut ainsi que les deux êtres qui lui étaient chers fussent unis

par ses soins, et peut-être espéra-t-elle ainsi
n'être pas oubliée.

*Les Chansons des Amours*

Ah ! revenez, revenez, revenez.

Il est venu hier au soir,
Trois galants me demander (*bis*).
Ma mère était en colère,
Les a tous trois renvoyés.
— Ah ! revenez, revenez, revenez,
Ma mère a dit que vous m'auriez.

Ma mère était en colère,
Les a tous trois renvoyés (*bis*).
Moi, j'étais encor' jeunette,
Je me suis mise à pleurer.
— Ah ! revenez, revenez, revenez,
Ma mère a dit que vous m'auriez.

Moi, j'étais encor' jeunette,
Je me suis mise à pleurer (*bis*).
— Qu'as-tu donc, petite sotte ?
Qu'as-tu donc à tant pleurer ?

— Ah ! revenez, revenez, revenez,
Ma mère a dit que vous m'auriez.

— Qu'as-tu donc, petite sotte?
Qu'as-tu donc à tant pleurer (*bis*)?
— Ce sont mes galants, ma mère,
Que vouz avez renvoyés.
— Ah ! revenez, revenez, revenez,
Ma mère a dit que vous m'auriez.

— Ce sont mes galants, ma mère,
Que vous avez renvoyés (*bis*).
— Va-t'en donc, petite sotte,
Va-t'en donc les rappeler.
— Ah ! revenez, revenez, revenez,
Ma mère a dit que vous m'auriez.

— Va-t'en donc, petite sotte,
Va-t'en donc les rappeler (*bis*).
J'ai monté sur une butte
Et me suis mise à crier :
— Ah! revenez, revenez, revenez,
Ma mère a dit que vous m'auriez.

J'ai monté sur une butte
Et me suis mise à crier (*bis*).

Le plus beau, le plus aimable,
Est revenu le premier.
— Ah ! revenez, revenez, revenez,
Ma mère a dit que vous m'auriez.

Le plus beau, le plus aimable,
Est revenu le premier (*bis*).
Il a embrassé ma mère,
Et moi par-dessus l'marché !
— Ah ! revenez, revenez, revenez,
Ma mère a dit que vous m'auriez.

(Bain de Bretagne.)

### L'Alouette

Tout bon valet qui sert son maître,
Ne fait pas l'amour quand il veut ;
Quand il veut aller voir sa belle,
Faut demander congé à deux :
— Mon maître et aussi ma maîtresse,
Vous plairaît-il que j'irais voir
Ma mienne amie en cette nuit ?

Le maître et aussi la maîtresse,
Son congé ils *li* ont donné.
Tout *dret* à la porte à sa belle,
Trois petits coups s'en va frapper.
— Ah! dormez-vous, réveillez-vous,
       P'tit cœur joyeux,
Voici venu à votre porte
       Votre amoureux.

N'ont point été deux heur's ensemble,
L'alouette a chanté le jour.
— N'entends-tu pas sa voix qui tremble,
Annoncer la fin des amours ?
— Belle alouett', belle alouette,
       Je te maudis ;
Ce n'est pas là le point du jour,
       C'est le minuit !

                              (Redon .)

*Le Tur lu tu tu*

En m'en allant sous la coudrette,
Le long de ces tur lu tu tu,
Le long de ces lanla de lirette,
       Le long de ces verts prés.

Dans mon chemin, j'ai fait rencontre,
D'une jeune tur lu tu tu,
D'une jeune lanla de lirette,
D'une jeune beauté.


Et je me suis approché d'elle,
C'était pour l'em tur lu tu tu,
C'était pour l'em lanla de lirette,
C'était pour l'embrasser !


Elle attira sa quenouillette,
C'était pour m'en tur lu tu tu,
C'était pour m'en lanla de lirette,
C'était pour m'en frapper.


— Tout doux, tout doux, ma jeune fille,
Je suis votre tur lu tu tu,
Je suis votre lan la de lirette,
Je suis votre berger.


— Les bergers de notre village
Ne sont point si tur lu tu tu,
Ne sont point si lanla de lirette,
Ne sont point si osés !

Ils ont des flût's dans leur pochette,
C'est pour nous fair' tur lu tu tu,
C'est pour nous fair' lanla de lirette,
C'est pour nous faire danser !

Dansez, dansez, les jeunes filles,
Quand vous êt's en tur lu tu tu,
Quand vous êt's en lanla de lirette,
Quand vous êt's fill's à marier !

Car, quand vous serez en ménage
Vous aurez des tur lu tu tu,
Vous aurez des lanla de lirette,
Vous aurez des enfants gâtés !

L'un vous dira : — Je veux à boire,
L'autre voudra tur lu tu tu,
L'autre voudra lanla de lirette,
L'autre voudra... manger !

(Le Grand-Fougeray.)

*\*\*

*La Veuve qui veut se remarier*

En revenant de Nantes,
Mignon de la goguett' tout doux,

Cheminant vers Paris,
Landeri, landera, landeri,
Cheminant vers Paris (*bis*).


J'ai rencontré trois dames,
Mignon de la goguett' tout doux,
Qui chantaient à loisir,
Landeri, landera, landeri,
Qui chantaient à loisir (*bis*).


Ell's m'ont demandé : — Belle,
Mignon de la goguett' tout doux,
Que n'chantez-vous aussi ?
Landeri, landera, landeri,
Que n'chantez-vous aussi (*bis*)?


— Comment donc chanterais-je ?
Mignon de la goguett' tout doux,
J'ai perdu mon mari,
Landeri, landera, landeri,
J'ai perdu mon mari (*bis*).


Il eut les grand's coliques,
Mignon de la goguett' tout doux,

Et la migraine aussi.
Landeri, landera, landeri,
Et la migraine aussi (*bis*).


Il fut trois mois malade,
Mignon de la goguett' tout doux.
Il en est mort... tant pis !
Landeri, landera, landeri,
Il en est mort... tant pis (*bis*)!


Et *v'là qu'j'en* cherche un autre,
Mignon de la goguett' tout doux,
Pour calmer mes soucis,
Landeri, landera, landeri,
Pour calmer mes soucis (*bis*).


— Les bons maris sont rares,
Mignon de la goguett' tout doux,
Par tous ces pays-ci,
Landeri, landera, landeri,
Par tous ces pays-ci (*bis*).


— J'en voudrais un commode,
Mignon de la goguett' tout doux,

Pas mal riche et *jouli*,
Landeri, landera, landeri,
Pas mal riche et *jouli* (*bis*).

Qui m'fit porter la bourse,
Mignon de la goguett' tout doux,
Et la culotte aussi !
Landeri, landera, landeri,
Et la culotte aussi (*bis*)!

Qui n'but point trop d'chopines,
Mignon de la goguett' tout doux,
*Ren qu'en nout'* compagnie,
Landeri, landera, landeri,
*Ren qu'en nout'* compagnie (*bis*).

Qui n'battît point sa femme,
Mignon de la goguett' tout doux,
*Comm' nout'* défunt mari,
Landeri, landera, landeri,
*Comm' nout'* défunt mari (*bis*).

Dites-*ma* donc, les filles,
Mignon de la goguett' tout doux,

*Y'en* a-t-il par ici ?
Landeri, landera, landeri,
*Y'en* a-t-il par ici (*bis*) ?

J'entends votre réponse :
Mignon de la goguett' tout doux,
Ma foi non, que nenni,
Landeri, landera, landeri,
Ma foi non, que nenni (*bis*) !

(Janzé.)

*Perrine la Brailleuse*

Ma Perrine se lève,
La tra la la li dera lon la,
Ma Perrine se lève
Trois heures avant le jour (*ter*).

Ell' prend sa quenouillette,
La tra la la li dera lon la,
Ell' prend sa quenouillette
Et s'y met à filer (*ter*).

Au troisièm' tour qu'elle file,
La tra la la li dera lon la,
Au troisièm' tour qu'elle file,
Elle s'y mit à brailler (*ter*).

— Ne braille pas, ma fille,
La tra la la li dera lon la,
Ne braille pas, ma fille,
Car je t'y marierai (*ter*).

Avec le fils d'un prince,
La tra la la li dera lon la,
Avec le fils d'un prince
Ou le *siun*¹ d'un baron (*ter*).

— J'veux pas du fils d'un prince,
La tra la la li dera lon la,
J'veux pas du fils d'un prince
Ni du *siun* d'un baron (*ter*).

J'aime mieux le gars Pierre,
La tra la la li dera lon la,
J'aime mieux le gars Pierre,
C'*li*-là qu'est en prison (*ter*).

1. Sien.

— Non, tu n'auras pas Pierre,
La tra la la li dera lon la,
Non, tu n'auras pas Pierre,
Car je le *brandouillerons*[1] *(ter)*.

Si *v'brandouillez* l'gars Pierre,
La tra la la li dera lon la,
Si *v'brandouillez* l'gars Pierre,
*Brandouillez*-ma é *tout* *(ter)*.

(Montauban de Bretagne.)

*La Fille qui veut se marier*

— Bonne maman, je viens vous demander,
(C'est à savoir si vous me l'accord'rez),
J'ai calculé mon âge.
J'ai bientôt dix-huit ans ;
De me mettre en ménage,
Je crois qu'il en est temps,
Pan, pan, pan,
Je crois qu'il en est temps.

1. Brandouiller est synonyme de tuer.

— Ah ! tais-toi donc, ma petit' Louison,
A dix-huit ans penser aux garçons,
  Tu as le cœur trop tendre,
  Tu n'as pas de raison,
  Et si tu t'y entêtes,
  Nous jouerons du bâton.
   Pan, pan, pan,
  Nous jouerons du bâton.


— Bonne maman, c'est un charmant garçon,
Rempli de charmes et de bonn's raisons ;
  Il a un avantage
  D'accomplir mes amours :
  Et de cet avantage
  Il en est le vainqueur,
   Pan, pan, pan,
  Il en est le vainqueur.


Bonne maman, regardez bien mes yeux,
Prenez bien gard' de frapper sur les deux.
  Vous feriez mieux, ma mère,
  D'accomplir mes amours ;
  Car vous seriez grand'mère
  Et moi mère à mon tour,

Pan, pan, pan.
Et moi mère à mon tour.

(Betton.)

### La jeune Amoureuse

Une jeun' fille âgée de quinze ans,
Va dire à sa mèr': — M'y faut un amant.
— Un amant, ma fill', tu n'y penses pas,
Car d'avoir un homm', c'est un embarras.
Faut t'y mettre en têt' d'aller au couvent⎱ bis.
Pour apprendre à lire, à passer ton temps.⎰

— Au couvent, ma mèr', non, je n'irai pas.
Le chasseur que j'aim' je n' le quitt'rai pas.
Le chasseur que j'aim' n'est pas loin d'ici.⎱ bis.
Ma très chère mèr', je le vois *veni*.⎰

L'amant à la porte à l'instant frappa.
Ne voyant qu'la fille, il la salua.
Lui disant : — Petit'. t'en ressouviens-tu ?⎱ bis.
Tes jolies promesses les tiendras-tu ?⎰

— Ah! oui, mes promesses, je les tiendrai.
En dépit d'ma mèr', je t'épouserai.
Ma mère est cruelle, elle ne veut pas,
Ce sera quand mêm', ne t'embarrass' pas. } *bis.*

Mon père a l'cœur tendre, il se calmera ;
Me voyant éprise, il me mariera ;
Puisque c'est la mod' d'y faire l'amour,
Puisqu'on se marie chacun à son tour. } *bis.*

M'y voilà mariée, et dans ma maison,
Mais au lieu d'un homm', j'n'ai qu'un vaga-
[bond.
Au long de la semaine il est toujours soûl
Sans s'y mettre en pein' d'y gagner cinq } *bis.*
[sous.

D'y boir' la chopine on n't'en empêch' pas,
D'caresser les fill's ça n't'appartient pas.
Laisse la pratique à ces jeun's garçons,
Car c'est la ruine de notre maison.
Monte dans ma chambr, voilà l'escalier,
Nous parl'rons ensemble en sécurité. } *bis.*

(Betton.)

*
* *

*La Fille qui se noie en voyant son amant*
*partir soldat*

C'était une jeun' fille,
Buvons et nous n'allons (*bis*),
Qui voulait s'y marier,
Buvons, puisqu'il faut boire,
Qui voulait s'y marier,
Buvons et s'en aller.

Son amant vint la voir,
Buvons et nous n'allons (*bis*),
Un soir après souper,
Buvons, puisqu'il faut boire,
Un soir après souper,
Buvons et s'en aller.

Il la trouva seulette,
Buvons et nous n'allons (*bis*),
Sur son lit qui pleurait,
Buvons, puisqu'il faut boire,
Sur son lit qui pleurait,
Buvons et s'en aller.

Il lui demanda : — Belle,
Buvons et nous n'allons (*bis*),

Qu'avez-vous à pleurer ?
Buvons, puisqu'il faut boire,
Qu'avez-vous à pleurer ?
Buvons et s'en aller.

— J'ai beau pleurer, dit-elle,
Buvons et nous n'allons (*bis*),
Vous allez m'y quitter,
Buvons, puisqu'il faut boire,
Vous allez m'y quitter.
Buvons et s'en aller.

Pliez-moi mes chemises,
Buvons et nous n'allons (*his*),
Et mes mouchoirs dressés,
Buvons, puisqu'il faut boire,
Et mes mouchoirs dressés.
Buvons et s'en aller.

Conduisez-moi, dit-elle,
Buvons et nous n'allons (*bis*),
Jusqu'au bord du rocher,
Buvons, puisqu'il faut boire,
Jusqu'au bord du rocher.
Buvons et s'en aller.

Tant qu'elle a pu les voir,
Buvons et nous n'allons (*bis*),
Ell' les a regardés,
Buvons, puisqu'il faut boire,
Ell' les a regardés.
Buvons et s'en aller.

Quand ell' ne put les voir,
Buvons et nous n'allons (*bis*).
Dans la mer a sauté,
Buvons, puisqu'il faut boire,
Dans la mer a sauté.
Buvons et s'en aller.

— Oh ! mang', beau poisson rouge,
Buvons et nous n'allons (*bis*),
Tu as du bon manger,
Buvons, puisqu'il faut boire.
Tu as du bon manger.
Buvons et s'en aller.

Tu as la mer pour boire,
Buvons et nous n'allons (*bis*),
Et ma mie pour manger,
Buvons, puisqu'il faut boire,

Et ma mie pour manger.
Buvons et s'en aller.

Tu as la plus bell' fille,
Buvons et nous n'allons (*bis*),
Qu'il *ya* dans l'évêché.
Buvons puisqu'il faut boire,
Qu'il *ya* dans l'évêché,
Buvons et s'en aller.

Elle a les cheveux d'or,
Buvons et nous n'allons (*bis*),
Et les sourcils dorés,
Buvons, puisqu'il faut boire,
Et les sourcils dorés.
Buvons et s'en aller.

Et la bouche vermeille,
Buvons et nous n'allons (*bis*),
Tout' prête à m'y parler,
Buvons, puisqu'il faut boire,
Tout' prête à m'y parler.
Buvons et s'en aller.

(Bécherel.)

### La jeune Fille qui se tue pour sauver son honneur

Ce sont trois jeunes filles,
  Demeurez là,
  Mettez le pied là,
Allant s'y promener,
  Mettez là le pied !

Dans le chemin rencontre,
  Demeurez là,
  Mettez le pied là,
Un Monsieur à leur gré,
  Mettez là le pied !

La plus jeun', la plus belle,
  Demeurez là,
  Mettez le pied là,
Dans sa chambre a mené,
  Mettez là le pied !

Quand ell' fut dans la chambre,
  Demeurez là,
  Mettez le pied là,
Ell' se mit à pleurer,
  Mettez là le pied !

— Qu'avez-vous donc, la belle ?
Demeurez là,
Mettez le pied là,
Qu'avez-vous à pleurer ?
Mettez là le pied !

— C'est ma mèr' qui m'attend,
Demeurez là,
Mettez le pied là,
C'est pour aller souper,
Mettez là le pied !

— Ne pleurez point, la belle.
Demeurez là,
Mettez le pied là,
Avec moi vous soup'rez,
Mettez là le pied !

Quand la belle eut soupé,
Demeurez là,
Mettez le pied là,
Ell' se mit à pleurer,
Mettez là le pied !

— Qu'avez-vous donc, la belle ?
Demeurez là,
Mettez le pied là,

Qu'avez-vous à pleurer ?
Mettez là le pied !

— C'est ma mèr' qui m'appelle,
Demeurez là,
Mettez le pied là,
Pour aller me coucher,
Mettez là le pied !

— Ne pleurez point, la belle,
Demeurez là,
Mettez le pied là,
Avec moi vous coucherez,
Mettez là le pied !

— Prêtez-moi votre lance,
Demeurez là,
Mettez le pied là,
Pour couper mon lacet,
Mettez là le pied !

— Elle est *de sur* la table,
Demeurez là,
Mettez le pied là,
Prenez et vous servez,
Mettez là le pied !

La belle a pris la lance,
 Demeurez là,
 Mettez-le pied là,
Dans l'cœur s'est enfoncée,
 Mettez là le pied !


— O lance, ô maudit' lance,
 Demeurez là,
 Mettez le pied là,
Ma mie elle a tuée,
 Mettez là le pied.

(Communiquée par Léonie Robert,
de la Boufetière, commune de Pancé.)

*Le Retour de l'Amant*

Chez mon pèr', nous étions trois filles
 Jolies,
Toutes trois couchées dans un lit
 Joli.
Moi qui étais la plus jeune,
 Jolie,

Je ne pouvais pas *dormi*,
　　　Jolie,
J' n'entendis ni caill's, ni *perderix*,
　　　Jolies,
Que le rossignol *sauvaige*,
　　　Joli.
Qui disait dans son *langaige*,
　　　Joli,
Votre amant n'est pas *t'ici*,
　　　Joli.
Il est à la Normandie,
　　　Jolie,
Qui détourne à s'en *reveni*,
　　　Joli.
J'ai trois pomm's dans ma pochette,
　　　Jolies,
Toutes les trois seront pour lui,
　　　Joli.
*Y en* a une de rainette,
　　　Jolie;
Les deux autres sont d'oranger,
　　　Joli.

(Saint-Seglin.)

*\*\**

*La Fille qui prend la place de son amant dans*
*la prison*

*Dessur* les ponts de Nantes,
*J'allis* m'y promener,
J'y *rencontris* ma blonde,
Voulus la caresser ;
Mais les juges de Nantes,
M'ont rendu prisonnier.

Elle *s'habillit* en page,
En papillon joli,
Dans les prisons de Nantes,
La belle s'y rendit.
— Prenez mon habit d' femme,
Enfourchez mon *cheva*.

Au bout de quinze jours,
Elle fut condamnée.
On la *jugit* à pendre,
Sur la place de Nantes,
A pendre ou à brûler
Par un jour de marché.

Du haut de l'échafaud,
La belle s'écria :
— Messieurs de la justice.
Vous n'avez pas raison
De fair' mourir un' fille,
Sous l'habit d'un garçon.

— Si vous êt's une fille,
Dites-moi votre nom.
— Je m'appell' Marguerite,
Marguerit' c'est mon nom ;
La fill' d'un capitaine,
D'une riche maison.

— Allez-vous-en, la belle,
Marchez tout doucement,
Allez hors de la ville,
Rejoindre votre amant.
Il est là-bas qui pleure,
A la port' d'un couvent.

Quand ell' fut sur les landes,
Ell' s'y mit à chanter :
— Je *m'y* fous de ces juges,
De ces bonnets carrés,

Aussi des robes rouges,
Mon amant je l'aurai !

(Chanté par Léonie Robert, du village
de la Boufetière, commune de Pancé.)

*Les Trois Tambours*

Trois jeunes tambours ⎱ *bis.*
S'en revenant de guerre, ⎰
Oh, ri, oh, ra, ra pa ta pla,
S'en revenant de guerre.

Le plus jeune des trois,
Dans sa main tient une rose,
Oh, ri, oh, ra, ra pa ta pla,
Dans sa main tient un' rose.

La fille du roi,
Était à sa fenêtre,
Oh, ri, oh, ra, ra pa ta pla,
Était à sa fenêtre.

— O jeune tambour,
Veux-tu m'donner ta rose ?

Oh, ri, oh, ra, ra pa ta pla.
    Veux-tu m' donner ta rose ?

    — O fille du roi,
    Veux-tu être ma mie ?
Oh, ri, oh, ra, ra pa ta pla,
    Veux-tu être ma mie ?

    — O jeune tambour,
    Va d'mander à mon père ;
Oh, ri, oh, ra, ra pa ta pla,
    Va d'mander à mon père.

    — Sire le Roi,
    Veux-tu m'donner ta fille ?
Oh, ri, oh, ra, ra pa ta pla,
    Veux-tu m' donner ta fille ?

    — O jeune tambour,
    Tu n'es point assez riche ;
Oh, ri, oh, ra, ra pa ta pla,
    Tu n'es point assez riche.

    — Sire le Roi,
    J'ai trois vaisseaux sur mer,

Oh, ri, oh, ra, ra pa ta pla,
  J'ai trois vaisseaux sur mer.


    L'un chargé d'or,
  L'autre d'argenterie,
Oh, ri, oh, ra, ra pa ta pla,
  L'autre d'argenterie.


    Et le troisième,
  Est pour porter ma mie,
Oh, ri, oh, ra, ra pa ta pla,
  Est pour porter ma mie.


    — O jeune tambour,
  Tu auras donc ma fille,
Oh, ri, oh, ra, ra pa ta pla,
  Tu auras donc ma fille.


    — Sire le roi,
  Je me fous de ta fille,
Oh, ri, oh, ra, ra pa ta pla,
  Je me fous de ta fille.


    Dans mon pays
  *Yen* a de plus gentilles,

Oh, ri, oh, ra, ra pa ta pla,
*Yen* a de plus gentilles.

(Janzé.)

*Vive le Roi, la Reine !*

Comme j'étais petite, — vive le roi,
Petite à la maison, — vive le roi, la reine,
Petite à la maison, — vive le roi bourbon !

On m'envoyait à l'herbe, — vive le roi,
Pour y cueillir du jonc, — vive le roi, la
[reine,
Pour y cueillir du jonc, — vive le roi bourbon!

J'en cueillis trois javelles, — vive le roi,
M'y couchai tout du long, — vive le roi, la
[reine,
M'y couchai tout du long, — vive le roi bour-
[bon !

Par le grand chemin passent,— vive le roi,
Trois cavaliers barons, — vive le roi, la reine,
Trois cavaliers barons, — vive le roi bourbon!

Qui me demandèrent : Belle; — vive le roi,
— Pêchez-vous du poisson ? — vive le roi, la
[reine,
Pêchez-vous du poisson ? — vive le roi bour-
[bon !


— Comment en pêcherais-je ? — vive le roi,
Je suis coulée au fond, — vive le roi, la reine,
Je suis coulée au fond, — vive le roi bourbon !


— Que donnerez-vous, belle ? — vive le roi,
Nous vous retirerons, — vive le roi, la reine,
Nous vous retirerons, — vive le roi bourbon !


— Retirez-moi, dit-elle, — vive le roi,
Après ça, nous verrons, — vive le roi, la reine,
Après ça nous verrons, — vive le roi bourbon !


— Quand ell' fut retirée, — vive le roi,
Ell' dit une chanson, — vive le roi, la reine,
Ell' dit une chanson, — vive le roi bourbon!


— Ce n'est point ça, la belle, — vive le roi,
Que nous vous demandons, — vive le roi, la
[reine,
Que nous vous demandons, — vive le roi
[bourbon !

— C'est votre cœur pour gage, — vive le roi,
Savoir si nous l'aurons, — vive le roi, la reine,
Savoir si nous l'aurons, — vive le roi bourbon !

— Mon petit cœur, dit-elle, — vive le roi,
N'est point pour des barons, — vive le roi,
                            [la reine,
N'est point pour des barons, — vive le roi
                            [bourbon !

Mais bien pour des gens d'guerre, — vive
                            [le roi,
Qu'ont d'la barbe au menton, — vive le roi,
                            la reine,
Qu'ont d'la barbe au menton, — vive le roi
                           [ bourbon !

                       (Combourg.)

*Vive l'Amour !*

### I

De bon matin je m' suis levée,
   Plus matin que ma tante (*bis*);
J'ai descendu dans mon jardin,
   Cueillir la rose blanche.

Ah! ah! ah! ah! vive l'amour,
  Cela ne dur' dur' dure,
Ah! ah! ah! ah! vive l'amour,
  Cela *n'dur'* pas toujours.

## II

J'ai descendu dans mon jardin,
  Cueillir la rose blanche (*bis*);
Je n'en ai pas cueilli trois brins
  Que mon amant y entre.
Ah! ah! ah! ah! vive l'amour,
  Cela ne dur' dur' dure,
Ah! ah! ah! ah! vive l'amour,
  Cela *n'dur'* pas toujours.

## III

Je n'en ai pas cueilli trois brins
  Que mon amant y entre (*bis*),
Et il me dit dans son latin :
  — Marions-nous ensemble.
Ah! ah! ah! ah! vive l'amour,
  Cela ne dur' dur' dure,
Ah! ah! ah! ah! vive l'amour,
  Cela *n'dur'* pas toujours.

## IV

Et il me dit dans son latin :
— Marions-nous ensemble (*bis*) ;
Tous mes parents le veulent bien,
Il n'y a que ma tante.
Ah ! ah ! ah ! ah ! vive l'amour,
Cela ne dur' dur' dure,
Ah ! ah ! ah ! ah ! vive l'amour,
Cela *n'dur'* pas toujours.

## V

Tous mes parents le veulent bien,
Il n'y a que ma tante (*bis*);
Si ma tante ne le veut pas,
Nonne j'irai me rendre.
Ah ! ah ! ah ! ah ! vive l'amour,
Cela ne dur' dur' dure,
Ah ! ah ! ah ! ah ! vive l'amour,
Cela *n'dur'* pas toujours.

## VI

Si ma tante ne le veut pas,
Nonne, j'irai me rendre (*bis*) ;
Je porterai le voile blanc,
Et la robe trainante.

Ah! ah! ah! ah! vive l'amour,
   Cela ne dur' dur' dure,
Ah! ah! ah! ah! vive l'amour,
   Cela *n'dur'* pas toujours.

## VII

Je porterai le voile blanc
   Et la robe traînante (*bis*) ;
Le chapelet à mon côté,
   Le bréviair' dans ma mante.
Ah! ah! ah! ah! vive l'amour,
   Cela ne dur' dur' dure,
Ah ! ah ! ah ! ah ! vive l'amour,
   Cela *n'dur'* pas toujours !

## VIII

Le chapelet à mon côté,
   Le bréviair' dans ma mante (*bis*);
Je prierai Dieu pour mes parents,
   Et le diabl' pour ma tante.
Ah ! ah ! ah ! ah ! vive l'amour,
   Cela ne dur' dur' dure,
Ah! ah! ah! vive l'amour,
   Cela ne dur' pas toujours !

(Retiers.)

*<sub>*</sub>*

## J'entends la Caille

— Mon père veut me marier,
J'entends la perdrix dans les blés,
Un laid vieillard veut m'y donner,
— Entends-tu, Michaud ? Ho !
     — J'entends la caille,
     Parmi la paille,
J'entends la perdrix dans les blés.


Un laid vieillard veut m'y donner,
J'entends la perdrix dans les blés,
Qui n'a ni maille, ni denier.
— Entends-tu, Michaud ? Ho !
     — J'entends la caille,
     Parmi la paille,
J'entends la perdrix dans les blés.


Qui n'a ni maille, ni denier,
J'entends la perdrix dans les blés,
Qu'un gros bâton de vert pommier,
— Entends-tu, Michaud ? Ho !
     — J'entends la caille,
     Parmi la paille,
J'entends la perdrix dans les blés.

Qu'un gros bâton de  vert pommier,
J'entends la perdrix dans les blés,
Pour servir à me régenter.
— Entends-tu, Michaud ? Ho !
    — J'entends la caille,
    Parmi la paille,
J'entends la perdrix dans les blés.

Pour servir à me régenter,
J'entends la perdrix dans les blés ;
Vieillard, si tu m'y bats *mésé*[1],
— Entends-tu, Michaud ? Ho !
    — J'entends la caille,
    Parmi la paille,
J'entends la perdrix dans les blés,

Vieillard, si tu m'y bats *mésé*,
J'entends la perdrix dans les blés,
*J'te plant'rai* là, je m'en irai.
— Entends tu, Michaud ? Ho !
    — J'entends la caille,
    Parmi la paille,
J'entends la perdrix dans les blés.

1. Désormais.

*J'te plant'rai* là, je m'en irai,
J'entends la perdrix dans les blés,
Je m'en irai au bois jouer.
— Entends-tu, Michaud ? Ho !
     — J'entends la caille,
     Parmi la paille,
J'entends la perdrix dans les blés.


Je m'en irai au bois jouer,
J'entends la perdrix dans les blés.
Apprendre aux garçons à danser,
— Entends-tu, Michaud ? Ho !
     — J'entends la caille,
     Parmi la paille,
J'entends la perdrix dans les blés.


Apprendre aux garçons à danser,
J'entends la perdrix dans les blés ;
Chanter, danser, c'est mon métier.
— Entends-tu, Michaud ? Ho !
     — J'entends la caille.
     Parmi la paille,
J'entends la perdrix dans les blés.

Variante aux deux derniers couplets :

Avec de bons gars sabotiers,
J'entends la perdrix dans les blés,
Ils m'apprendront, j'leur apprendrai,
— Entends-tu, Michaud ? Ho !
   — J'entends la caille,
   Parmi la paille,
J'entends la perdrix dans les blés.

Ils m'apprendront, j'leur apprendrai,
J'entends la perdrix dans les blés,
Le jeu de cart's, celui de dés.
— Entends-tu, Michaud ? Ho !
   — J'entends la caille,
   Parmi la paille,
J'entends la perdrix dans les blés.

(Pléchâtel.)

*La Bergère et le Chasseur*

L'autre jour dans la plaine,
En gardant mes moutons,
Je rêvais en moi-même,
Chantant une chanson (*bis*).

10

J'entends un bruit de chasse,
Tout près dedans ces bois ;
Je vois un équipage
S'avançant devers moi (*bis*).


— Eh ! bonjour ma bergère,
Me dit un jeun' chasseur,
N'appréhend' pas, ma chère,
Je ferai ton bonheur (*bis*).


N'as-tu pas vu la chasse,
Qui est là dans ces bois ?
Dis-moi par où l'on passe
Pour voir le rendez-vous (*bis*) ?


— Oh ! lui dit la bergère,
Votr' chemin n'est pas loin,
Mon seigneur, à votr' droite,
C'est le plus court sentier (*bis*).


— Que ta beauté m'enchante,
Me dit-il en riant ;
Tu es belle et charmante.
D'quoi vis-tu, belle enfant (*bis*) ?

Vivrais-tu comme un' reine,
Pain blanc, bécass's, perdrix?
— Mon seigneur, rien n'vous gêne,
Que d'mandez-vous ainsi (*bis*)?

Du pain bis et des pommes,
La soup' au lard seul'ment,
Les fill's, les femm's, les hommes,
Ne vivent pas autrement (*bis*).

— Pour boisson, ma bergère,
Bois-tu de l'hypocras,
Du vin blanc de Tonnerre,
Le matin l'chocolat (*bis*)?

— De l'eau de cett' fontaine,
Mon seigneur, que voilà,
Nous est cent fois plus saine,
Que tout's ces drogues·là (*bis*).

Fallut que je m'approche,
Il voulut m'embrasser,
Mit la main dans sa poche,
Pour me récompenser (*bis*).

Cent louis d'or me donne,
En me disant bonsoir ;
Prends soin de ta personne,
Je viendrai te revoir (*bis*).

(Bain-de-Bretagne.)

*Mariez-moi, ma petite maman*

— Mariez-moi, ma p'tit' maman,
J'aurai bientôt seize ans.
Il me faudrait un mari,
Qui soit bien joli, qui soit bien gentil,
Qui serait toujours complaisant
Pour moi, ma chèr' maman.

— O ma fille, ne m'en parle pas,
Tu me casses les bras ;
Tu as l'air trop éveillée,
Pour t'y marier, pour t'y marier !
Ah ! change vit' de sentiment,
Car tu n'es qu'une enfant.

— Un beau garçon vient tous les jours,
Me raconter ses amours,

Moi j'lui cont' les mienn's aussi,
C'est mon favori, c'est mon favori !
Oui je l'aurai pour mon époux,
En dépit des jaloux.

— O ma fille, n'm'en parle pas,
Tes parents n'voudront pas.
Quand ton papa saura cela,
Il t'y frappera, il t'y frappera !
Et pour en finir au plus court,
Faut le quitter ce jour.

— Ma foi, non, je ne quitt'rai pas
Un amant plein d'appas.
Il a pour moi d'l'amitié,
Ma foi je l'aurai, ma foi je l'aurai !
Il est jeune et rempli d'honneur,
Il posséd'ra mon cœur.

(Langon.)

*Oh ! non, n'm'en parlez pas*

— Ma fille, il faut vous marier,
Vous avez bientôt vingt ans d'âge.

— Ma mère, *est-c'que* vous y pensez
De me mettre dans le ménage ?
Oh ! non, n'm'en parlez pas,
Du mariag', du mariage,
Oh ! non, n'm'en parlez pas,
Du mariag', car j'n'en veux pas !

Ma mère, souvenez-vous-en,
Que mon père était en colère,
Et qu'il vous menaçait souvent
De vous jeter par la fenêtre.
Oh ! non, n'm'en parlez pas,
Du mariag', du mariage,
Oh ! non, n'm'en parlez pas,
Du mariag', car j'n'en veux pas !

Ma mèr', rappelez-vous le fait,
Que mon père était en colère,
Vous ramassiez votre bonnet,
Vous essuyant les yeux, ma mère.
Oh ! non, n'm'en parlez pas,
Du mariag', du mariage,
Oh ! non, n'm'en parlez pas,
Du mariag', car j'n'en veux pas.

(Bain-de-Bretagne.)

### 3° LES CONSCRITS

Les parents des conscrits mettent dans la poche de ces derniers une araignée vivante pour qu'ils obtiennent un bon numéro au tirage au sort. Il y a quelques années dans l'un des cantons de la ville de Rennes, le nombre des jeunes gens qui prenaient part au tirage s'élevait à 143. Les mères de deux conscrits leur ayant mis des araignées dans la poche, ceux-ci obtinrent les numéros 141 et 143.

Si, malgré le talisman un mauvais numéro sort de l'urne, c'est que l'araignée a été blessée ou bien s'est enfuie, a été écrasée ou, enfin, n'appartient pas à l'espèce qui procure la chance.

A Bruz, les parents des conscrits mettent dans un pli de la blouse du jeune homme qui doit tirer au sort, sans que celui-ci s'en doute, l'anneau de mariage de sa mère ou un trèfle à cinq feuilles. Ces objets doivent lui faire obtenir un bon numéro.

Autrefois, les jours du tirage au sort et du conseil de révision, les conscrits de communes différentes se battaient pour les motifs les plus futiles, souvent pour un sobriquet attribué aux habitants de chaque localité.

Ces rixes étaient terribles entre jeunes gens, surexcités par la boisson, et les accidents graves quand la mort ne s'ensuivait pas.

On parle encore, dans l'arrondissement de Fougères, de la rixe épouvantable qui eut lieu entre conscrits, à l'assemblée de Vendel, dans le canton de Saint-Aubin-du-Cormier.

Quatre vigoureux gaillards se précipitèrent sur un nommé Montjarret qu'ils jetèrent brutalement par terre. Ce dernier se releva vivement, et voyant que la partie n'était pas égale, dit : « Le premier qui m'approche, je l'éventre ! »

Montjarret effectivement avait ouvert son couteau, mais pour éviter un malheur, il prit la fuite, suivi de ses adversaires qui l'acculèrent à la rivière.

Forcé de se défendre ou de se jeter à l'eau, il se détourne et envoie un coup de couteau dans le ventre d'un sieur Chauvin, le plus acharné de ses assaillants. Celui-ci tombe par terre, un autre, appelé Graisley, arrive à son tour et est frappé à la cuisse. Enfin le dernier, du nom de Chantrel, en est quitte pour deux ou trois blessures légères.

Cette défense énergique sauva Montjarret ; mais le lendemain, quand la gendarmerie vint sur les lieux, accompagnée d'un médecin, elle trouva le malheureux Chauvin sur le terrain de la rixe, dans un état désespéré. Malgré les soins qui lui furent prodigués, il ne tarda pas à mourir.

Graisley et Chantrel furent transportés à l'hôpital de Fougères.

Montjarret, en apprenant la mort de Chauvin, se constitua prisonnier.

Aujourd'hui, il n'en est plus ainsi fort heureusement. S'il y a encore quelques rivalités entre jeunes gens de diverses communes, cela se borne à des disputes dans les cabarets, mais il est rare que des coups soient échangés.

Les conscrits dans l'Ille-et-Vilaine composent leurs chansons eux-mêmes. La plupart du temps, ce n'est qu'un couplet qu'ils recommencent sans cesse :

> Habitants de Rennes,
> Sortez d'vos maisons,
> Car les rues sont pleines,
> De joyeux garçons.
> S'ils font du tapage,
> C'est par leurs chansons.
> N'est-ce pas le tirage
> Des enfants Bretons ?

> Nous n'verrons plus Marion,
> Ma lon lan la ;
> Nous n'verrons plus Marion,
> Car ell' s'en va !

> Je n'ai plus qu'un an, Nanon,
> La belle, attendez-*ma* donc ;
> Attendez-*ma donc*, la belle,
> La belle, attendez-*ma* donc.

*J'avons* bu et je *bairons*,
J'casserons les verres, j'les paierons !

A une heure sur la branche,
Le rossignol chantait.
— Que chantais-tu? que disais-tu?
— Que l'jeun' conscrit est revenu.

A deux heures sur la branche, etc.

Cette chanson de · marche dure pendant
toute la route du village au bourg.

Ma poule n'a plus qu'un poulet (*bis*),
Qu'un poulet sur onze,
Marchons à la ronde,
Marchons à la ronde,
Petite,
A la marche ronde.

Dixième artillerie du train,
Nous partons demain ;
Nous partons demain,
Le sabre à la main,
Jusqu'en Tunisie,
Rejoindr' nos amis.
Pour les soulager
Ces braves, ces braves,
Pour les soulager,
Ces braves guerriers.

Le tambour bat,
Ce jeune et ce jeune.
Le tambour bat,
Ce jeune soldat.

*Ya-t*-un navire à Bordeaux.
Nous boirons d'ce vin nouveau,
Gai, gai, nous v'là-t-en ville,
Bon, bon, nous arrivons.

Bonnes gens des villes,
Sortez d'vos maisons,
Car les rues sont pleines
De joyeux garçons.
Gai, gai, nous v'là-t-en ville,
Bon, bon, nous arrivons.

Ma *moman* veut bien
Que je m'y marie ;
Jul's Grévy n'veut pas,
Qu'on fasse d'embarras.
Gai, gai, nous v'là-t-en ville.
Bon, bon, nous arrivons.

*J'avions-t-un* capitaine,
Qu'était brav' comm' z'un lion,
Il est mort d'une engelure
Qu'il avait au talon.
Gai, gai, nous v'là-t-en ville,
Bon, bon, nous arrivons.

\*\*\*

Voici d'autres chansons plus sérieuses:

## *La Fille qui suit son Amant au Régiment*

  — Éveillez-vous, la belle,  &#125; *bis.*
  Je viens vous avertir   &#125;
  Qu'la patrie nous appelle,
  Adieu, il faut partir *(bis)*.


  — Ne verse pas de larmes &#125; *bis.*
  Galant, ne pleure pas,  &#125;
  Oui, si tu prends les armes,
  Je ne resterai pas *(bis)*.


  — Ah! reste là, ma belle, &#125; *bis.*
  Attendre mon retour,  &#125;
  Et sois toujours fidèle
  Et aime-moi toujours *(bis)*.


  Ne viens point z'à la guerre &#125; *bis.*
  Car il faut trop souffrir,  &#125;
  On couche sur la terre,
  Ça te ferait mourir *(bis)*.


  — De coucher sur la terre &#125; *bis.*
  Auprès de son amant,  &#125;

De coucher sur la terre,
Ce n'est pas un tourment *(bis)*.


— Sur le champ de bataille   } *bis.*
Au milieu du danger,
L'éclat et la mitraille
Pourront bien te tuer *(bis)*.


— Sur le champ de bataille   } *bis.*
Au milieu du danger,
J'affront'rai la mitraille
Comme un vrai grenadier *(bis)*.


— Si cela te contente   } *bis.*
Si ça te fait plaisir,
Que rien ne te tourmente,
Je te laiss'rai partir *(bis)*.

*<center>* * *</center>*

## Les Reproches d'Eugénie

— Eugénie, les larmes aux yeux,
Je viens te faire mes adieux ;
Nous partons pour l'Amérique,
Nous allons au régiment.

Adieu donc, belle Eugénie,
Nous mettons la voile au vent.

— La voile au vent, mon bel amant,
Pour moi, quel désagrément.
Tu m'avais promis pour gage,
Ton honneur, aussi ta foi,
Aujourd'hui tu m'abandonnes,
Tu t'en vas bien loin de moi.

Marinier, beau matelot,
Tu t'en vas bien loin sur l'eau,
Et s'il arrive un orage,
La tempête, aussi le vent,
Briseront ton équipage,
Moi je n'aurai plus d'amant.

— Eugénie, pas de danger,
Tant que nous serons sur l'eau ;
Je connais le pilotage,
Je suis fier de mon état,
Il n'arriv'ra aucun naufrage
Tant que je serai soldat.

Eugénie, à mon retour,
(Sois sincère dans nos amours),

Je te promets, ma mignonne,
De m'en rev'nir au pays,
Nous nous marierons ensemble,
Pour le sûr, mon Eugénie.

*La Godinette*

(Chanson de marche des conscrits allant rejoindre
leur régiment.)

Sur la lisièr' du petit bois,
Jubilant, jubilo, zizi pan pan,
 Toc toc la Godinette,
Jeannette passait une fois,
Pan jubilant, pan pan la Godinois.

Ell' rencontra le p'tit François,
Jubilant, jubilo, zizi pan pan,
 Toc toc la Godinette,
Qui s'en allait gauler des noix.
Pan jubilant, pan pan la Godinois.

L'apercevant, le fin matois,
Jubilant, jubilo, zizi pan pan,
 Toc toc la Godinette,

Lui dit : — Veux-tu faire avec moi,
Pan jubilant, pan pan la Godinois ?

Veux-tu faire un tour dans le bois ?
Jubilant, jubilo, zizi pan pan,
   Toc toc la Godinette,
J'te montrerai, gentil minois,
Pan jubilant, pan pan la Godinois.

— P'tit François, j'irais *ben o* toi,
Jubilant, jubilo, zizi pan pan,
   Toc toc la Godinette,
Seul'ment j'ai peur de perdre...—Quoi ?
Pan jubilant, pan pan la Godinois.

J'te montrerai certain endroit,
Jubilant, jubilo, zizi pan pan,
   Toc toc, la Godinette,
Où l'on est mieux à deux qu'à trois,
Pan jubilant, pan pan la Godinois.

— D'ma mèr' j'ai peur de perdr' la croix,
Jubilant, jubilo, zizi pan pan,
   Toc toc la Godinette,
Car je n'la r'trouv'rais pas, je crois,
Pan jubilant, pan pan la Godinois.

— *Attach'-la ben, li* dit François,
Jubilant, jubilo, zizi pan pan,
  Toc toc la Godinette,
Puis, ils entrèrent dans le bois,
Pan jubilant, pan pan la Godinois.

De suit' ils fir'nt pendant trois fois,
Jubilant, jubilo, zizi pan pan,
  Toc toc la Godinette,
Le tour des p'tits sentiers étroits,
Pan jubilant, pan pan la Godinois.

N'ont-ils fait qu'ça? j'l'ignor', ma foi,
Jubilant, jubilo, zizi pan pan,
  Toc toc la Godinette,
*Y n's'en* sont pas t'nus là, je crois,
Pan jubilant, pan pan la Godinois.

Car entrés deux dedans le bois,
Jubilant, jubilo, zizi pan pan,
  Toc toc la Godinette,
L'histoir' dit qu'ils revinrent trois,
Pan jubilant, pan pan la Godinois.

C'est ennuyeux pour une fois,
Jubilant, jubilo, zizi pan pan,

> Toc toc la Godinette,
> Quand on s'en va gauler des noix,
> Pan jubilant, pan pan la Godinois.

> Pour un' malheureus' petit' fois,
> Jubilant, jubilo. zizi pan pan,
> Toc toc la Godinette,
> D'attraper un' fluxion d'neuf mois,
> Pan jubilant, pan pan la Godinois.

Dans les communes du canton Sud-Ouest de Rennes, les jeunes gens qui doivent tirer au sort en février portent, depuis le jour où ils sont appelés à la mairie pour se faire inscrire sur les tableaux de recensement, le nom de jeunes gens de la classe.

A partir de ce moment ils se réunissent fréquemment le dimanche, dînent ensemble, se promènent de commune en commune.

Ils ont un drapeau, acheté au moyen de cotisations, et ils le portent avec eux chaque fois qu'ils sortent.

Celui des conscrits qui a le plus bas numéro en devient le propriétaire.

A Bourgbarré, le drapeau, après le conseil de révision, est coupé par morceaux et distribué à chaque conscrit.

Voici deux de leurs chansons :

> Voilà vingt ans,
> J'étais petit enfant,
> J'étais petit enfant,
> Sur le bras de ma mère,
> Aujourd'hui je suis grand,
> Je pars au régiment.

> *Refrain :*

> Le tambour bat,
> C'te jeun', c'te jeune,
> Le tambour bat,
> C'te jeun', soldat.

> Vous ne nous verrez pas longtemps,
> Bons pères de famille,
> Vous ne nous verrez pas longtemps
> Faire l'amour à vos filles.

> Le tambour bat, etc.

Tu ne me verras pas souvent,
    Ma petite Jeannette,
Tu ne me verras pas souvent
    Pendant trois ans.

Le tambour bat, etc.

Oh ! qu'importe le numéro
    Que notre main amène,
Mettons-le donc à nos chapeaux,
    Amis, buvons sans gêne.

Le tambour bat, etc.

Amusons-nous, joyeux conscrits.
    Nous voilà tous réunis ;
Buvons le vin de nos aïeux
    Et soyons tous heureux.
        Le tambour bat,
            C'te jeun', c'te jeune,
        Le tambour bat,
            C'te jeun' soldat.

*<br>* *

A deux heures sur la place, } bis.
    Nous avons tiré ?

Nous avons tiré
Notre sort, la belle,
Nous avons tiré
Notre liberté.

A la première auberge, } bis.
Nous avons bu ;
Buvons, chantons,
Faisons l'amour aux filles.
Soyons contents
D'aller au régiment.

Dans les jours qui suivent le tirage, les
conscrits se cotisent entre eux pour acheter
des bouquets de fausses fleurs qu'ils vont
offrir aux filles nées la même année qu'eux et
qui sont, disent-ils, de leur année de tirage.
Celles-ci, en recevant les fleurs, embrassent
les jeunes gens et leur offrent du vin.

## CHAPITRE IV

Les Fiançailles, le Mariage, les Coutumes et Usages, les Croyances et
Superstitions, les Sorts, les Prières
et les Cantiques, l'Assistance publi-
que, les Propos villageois, les Grivoi-
series du foyer, Pronostics, Dictons,
Proverbes, Devinettes.

### 1° LES FIANÇAILLES

DANS le canton de Pipriac, quand on sait
qu'un jeune homme doit se présenter
dans une famille pour demander une fille en
mariage, et qu'il ne convient pas, on met à
brûler dans la cheminée des branches de buis.
Le galant qui connaît cette coutume regarde
le foyer et, l'oreille basse et le cœur attristé,
en raison de l'amour qu'il ressent, décampe
au plus vite.

Dans le canton de Bain, comme le buis est rare, on se contente de *chômer* (mettre debout) les tisons dans les cendres.

Mais si, au contraire, on consent à accepter le prétendant, la fille, d'un air timide, prend le bas de son tablier, le roule entre ses doigts, puis tout à coup, le laisse tomber en disant : « Ce sera comme *moman* voudra ! » Oh ! alors on peut être certain que les fiançailles et la noce se suivront de près.

Dans quelques communes de l'arrondissement de Redon, lorsqu'un jeune gars va demander en mariage une fille de son village, qu'il connait intimement, avec laquelle il a été élevé, il porte une pomme avec lui et, lorsqu'il est en présence de celle qu'il désire épouser, il mord dans la pomme en disant :

« *M'aimes-tu ? M'aimes-tu pas ?*

*Si tu m'aimes, mords dans mon mias !* »

Si la fille mord dans la pomme, le mariage est décidé. Si, au contraire, elle refuse, tout est rompu.

Dans le canton Sud-Ouest de Rennes, lorsqu'un jeune homme va demander une fille en
mariage, il porte avec lui une bouteille de vin,
afin de trinquer, si sa demande est agréée,
avec sa future et les parents de celle-ci. Cette
cérémonie s'appelle les accordailles.

Plus tard, le jour des fiançailles, les jeunes
gens accompagnés de leurs familles et du
garçon et de la fille d'honneur, s'en vont à
Rennes faire leurs emplettes qui consistent
en alliances, bague pour la mariée, appelée
chevalière, fleurs d'oranger et vêtements de
noce.

De retour au village, un repas a lieu le soir
chez la mariée.

Autrefois, à Janzé, à Bécherel, à Tinténiac
et dans beaucoup d'autres endroits, lorsqu'un
jeune homme et une fille avaient l'intention
de s'épouser, ils se rendaient au presbytère de
leur paroisse où le curé leur faisait subir un
examen de catéchisme, et les interrogeait
principalement sur le sacrement du mariage.

S'ils répondaient mal, le curé les ajournait; si, au contraire, il était satisfait de leur instruction. il leur offrait un verre de vin, trinquait avec eux, et les futurs époux étaient considérés comme engagés l'un envers l'autre et fiancés devant l'Église.

Si, pour un motif quelconque, le mariage venait à manquer, les jeunes gens devaient aller en informer le curé qui annulait les fiançailles. S'ils ne le faisaient pas, et si l'un ou l'autre voulait plus tard se marier, son ban ne pouvait être publié à l'église qu'après l'expiration d'une année.

Jadis, dans la commune du Pertre, quand une servante de ferme avait eu des relations intimes avec son maître, et que celui-ci venait à l'épouser, les cultivateurs de la commune, la veille de la noce, s'appelaient de village en village, au moyen d'une corne, et allaient donner un charivari aux futurs mariés.

Pareille farce avait lieu la veille de la noce d'une veuve. Si celle-ci se fâchait, le tapage continuait ; si, au contraire, elle riait et invitait ses voisins à entrer boire un coup, la plaisanterie cessait et chacun s'en retournait tranquillement chez soi.

A Bruz, lorsqu'une fille qui a eu des enfants se marie, les jeunes gens de la commune, vont encore, la veille de son mariage, avec des casseroles et des chaudrons, faire un charivari à sa porte.

Quand les fiancés vont inviter les familles qu'ils désirent avoir à leur noce, ils embrassent le père, la mère et les enfants. En leur donnant l'accolade ils répètent à chacun d'eux la formule suivante :

« Je vous prie de bon cœur et de bonne amitié d'assister à mes noces qui auront lieu de mardi en huit. »

Les invitations se font dix jours à l'avance et le mardi est le jour choisi pour les noces dans les campagnes de l'Ille-et-Vilaine.

La fille d'honneur qui accompagne les fiancés embrasse également chaque personne présente et dit à chacune d'elles : « Vous n'y manquerez pas. »

*<br>* *

Dans les communes de Bruz et de Saint-Jacques-de-la-Lande, la veille de la noce, le marié accompagné d'ouvriers s'en va faire dresser le mobilier dans la demeure destinée aux jeunes époux et dans laquelle, lit, armoire, buffet, chaises, etc., ont été amenés par les voisins et gratuitement charroyés par eux.

La jeune femme ne prend pas part à l'arrangement de son ménage et ne le voit qu'après la noce.

En rangeant les meubles les ouvriers chantent la chanson suivante :

Oh ! sous les *ridiaux*,<br>
Jamais j'n'ai *ren* vu d'si biau,<br>
Disait la mariée ;<br>
Jamais j'nai *ren* vu d'si *biau*<br>
Sous les ridiaux.

Oh! sous la couverture,<br>
Jamais j'n'ai vu tant d'aventures,<br>
Disait la mariée ;

Jamais j'n'ai vu tant d'aventures
   Sous la couverture.

Oh ! *dessur* l'oreiller,
Jamais je n'ai tant vu de jeu,
   Disait la mariée ;
Jamais je n'ai tant vu de jeu,
   *Dessur* l'oreiller.

Oh ! dedans les draps de lit,
Qu'il fait donc bon faire son nid,
   Disait la mariée ;
Qu'il fait donc bon faire son nid,
   Dedans les draps de lit.

Oh ! disait la paillasse,
*Allons bentôt* finir vos farces,
   Madam' la mariée,
*Allons bentôt* finir vos farces
   *Dessur* la paillasse.

Endurons tout cett' nuit,
Geignait le pauvre bois de lit,
   Pas vrai, la mariée ?
   Endurons tout cett' nuit,
Geignait le pauvre bois de lit.

. Oh ! disait la gaul'[1] du lit,
*Jouons n'en donc* toute la nuit,
Pas vrai, la mariée ?
*Jouons n'en donc* toute la nuit,
Disait la gaul' du lit.

Oh! disait l'pauvr' édredon,
Vous me mettez dans un *bouchon*,
Madam' la mariée,
Vous me mettez dans un *bouchon,*
Disait l'pauvr' édredon.

Les vêtements du marié sont portés à l'avance chez la future, et le matin de la noce il s'y rend en costume de travail pour faire sa toilette pendant que les couturières et la fille d'honneur habillent la mariée.

Si le repas de noce doit avoir lieu chez celle-ci, le marié en surveille les apprêts.

Tous les invités arrivent prendre les nouveaux époux pour les conduire à l'église.

1. Bâton qui sert aux servantes à faire les lits.

## 2° LE MARIAGE

Il n'y a pas beaucoup plus de trente ans, les voies de communication laissaient considérablement à désirer, il était difficile de voyager en charrettes, les paysans n'en avaient guère, et on allait aux noces à cheval.

Les mariés du canton de Pipriac arrivaient de leur village au bourg, le jour de la noce, *juchés* en croupe derrière d'habiles cavaliers parés de bouquets et de rubans. Les invités suivaient à pied au son des violons. La mariée était mollement assise sur un oreiller attaché sur le *penet* [1].

La messe terminée, le départ, après maintes libations, avait lieu de la manière suivante :

Les conducteurs montaient seuls à cheval pour faire caracoler leurs bêtes, puis s'arrêtaient devant la noce. Le parrain de la jeune épouse, ou à son défaut, un personnage choisi parmi les invités, prenait la mariée dans ses bras et l'asseyait délicatement derrière son cavalier. Le nouvel époux, montait, lui aussi,

1. Large selle.

derrière son conducteur, et on leur apportait du vin. Les proches parents trinquaient avec eux jusqu'au moment où les chevaux partaient à fond de train pour revenir plusieurs fois vers les invités qui s'alignaient deux par deux, bras dessus, bras dessous, et enfin se décidaient à suivre les mariés en dansant et en chantant au son des violons.

. Aujourd'hui que le réseau vicinal étend ses bras nombreux dans toutes les directions du département, tout le monde a des véhicules, et les noces, dans ce même canton de Pipriac, ont changé d'aspect et subi des modifications qu'il importe d'indiquer.

C'est ordinairement le propriétaire de la ferme qui conduit la fille de son métayer à l'église le jour du mariage. Quand il entre dans la maison, la mère de la future se met à pleurer (c'est de rigueur) et dit : « Ce ne serat oujours pas *ma* qui la mettrai à la porte. » Voyant cela, notre maître, comme on

l'appelle encore, prend la fillette par les épaules et la fait sortir.

En signe de deuil la mère reste à la maison,
conservant ses vêtements de tous les jours et
prépare, en compagnie de vieilles femmes du
village, le repas destiné aux gens de la noce.

Le maître fait monter la mariée dans sa
voiture, part avec elle, et s'apercevant bientôt
que personne ne les suit, revient sur ses pas
(c'est l'usage), chercher les invités qui attendent patiemment qu'on vienne les prier de
suivre la mariée.

Lorsque l'église est au milieu d'une place,
les voitures en font plusieurs fois le tour au
galop avant de s'arrêter devant le parvis.

A l'automne de 1896, avait lieu une grande
noce à la ferme de Bocadève, dans la commune
de Saint-Just.

La table du festin était en plein air, au coin
d'un champ, à cause du nombre considérable
d'invités.

Jusqu'à ce que tout le monde fût assis, les

*violonneux* jouèrent en faisant le tour de la table.

Au milieu du repas, on vit arriver une bande de garçons ayant tous, sous le bras ou à la main, une bouteille de vin, ornée de rubans tricolores. C'étaient les jeunes gens de la même classe que le marié, encore célibataires, qui venaient offrir un verre de vin aux nouveaux époux et à leurs parents. Ils restèrent à la noce pour prendre part aux danses.

Des mendiants venus de très loin étaient assis sur les talus du champ où on leur portait à boire et à manger.

Dans le canton de Bain, voisin de celui de Pipriac, voici la description d'une noce à l'heure actuelle.

On appelle *agouvreux*, l'installation du ménage et le ménage lui-même. On dit monter l'*agouvreux*, pour monter les meubles.

Ce sont les tailleuses, qui ont fait le trousseau, qui président à cet arrangement.

Avant d'entrer dans la maison destinée aux

jeunes époux, elles s'arrêtent à la porte et
chantent :

> — Monsieur le marié,
> Si nous avons tardé,
> N'en soyez pas fâché.
> Nous amenons du bien,
> Mais il vous appartient.
> Nous am'nons lit garni,
> Armoire et table aussi,
> Tous les coffres remplis.
>
> Monsieur le marié,
> Vous n'voyez pas encore
> Le plus beau des trésors.
> Vous la verrez venir
> Mardi l'après-midi,
> *A vèque* son mari.

Les tailleuses entrent dans la maison et
continuent :

> — Monsieur le marié,
> *Vot'* fiancée vous demande
> De placer son ménage
> A son arrangement.

Le futur marié répond :

> — Puisque ma mie l'a dit,
> J'irai à sa demande :
> Je lui serai fidèle,
> Fidèle je lui serai,
> Et je lui donnerai
> Les marqu's de ma fidélité.

En quittant le village pour se rendre à l'église, les amies de la mariée chantent :

> — Or, adieu le château,
> La maison d'chez mon père;
> C'était un si beau lieu
> Qui n'était fait qu'pour plaire
> Aux yeux des amoureux.

Les jeunes gens, amis du marié, répondent par ironie :

> — Madam' la mariée,
> Vous croyez au plaisir ?
> Des peines et des soucis,

L'embarras du ménage,
Voilà le plaisir, belle,
Que vous aurez chez lui.

*
* *

Après le mariage à l'église, la noce se rend dans une auberge du bourg pour manger une beurrée et boire un coup.

Ensuite les mariés font quelques visites pendant que les gens de la noce vont acheter les cadeaux qu'ils comptent offrir au jeune ménage.

Plus il y a de monde à une noce, plus il y a de profit pour les mariés : Il est d'usage que les invités achètent la batterie de cuisine, la vaisselle et d'autres menus objets. On a soin de ne pas oublier le vase de nuit qui doit jouer, le lendemain matin, un certain rôle dans la cérémonie.

Lorsque les mariés reviennent au village, après la messe, les personnes restées à la maison pour préparer le repas vont au-devant d'eux et leur offrent une beurrée en chantant :

— Mon père il m'a mis à *serri*,
    Nouvelle mariée voici,
De par sous la *levrande*[1].
Où sont les gens du marié ?
    On les demande.
Ah ! les voici, ah ! les voilà,
    Qu'ils s'y présentent.

Les parents et amis du marié répondent :

— *Avous*[2] cent écus à leur donner ?
Ils sont prêts à les prendre.

Les amis du marié ont confectionné à l'avance une *quenouillée* monstrueuse garnie de fleurs et de rubans qu'ils portent au-devant de la mariée, quand elle revient de l'église, et qu'ils attachent ensuite au pied du lit pour lui faire comprendre qu'une fois en ménage, elle devra filer le lin et le chanvre pour les besoins de la *maisonnée*.

Avant de se mettre à table, on conduit la mariée voir son ménage et on chante :

1. Personne n'a pu me donner l'explication de ce mot.
2. Avez-vous ?

— Entrez, Madam' la mariée,
Vous n'avez rien vu de si beau ;
Vous porterez la bague d'or
Avec la coiffure à dentelle
Et vous jouirez de ces trésors.

Sur le milieu de la table du repas de noce est une grosse *moche*[1] de beurre offerte ordinairement par la marraine de la mariée, et sur laquelle sont représentés quatre personnages, les mariés, le garçon et la fille d'honneur.

Tous les invités, sans exception, vont enfoncer une pièce d'argent dans cette *moche*. Les parents aisés et les amis intimes mettent jusqu'à cinq francs, les autres, deux francs et même cinquante centimes.

Tout cet argent est pour les époux.

Deux chaises garnies de fleurs, et sur lesquelles sont posés des oreillers indiquent la

1. Motte.

place à table du marié et de la mariée. Mais celle-ci doit bien se donner garde de s'asseoir sur l'oreiller, elle doit le faire enlever, ou sinon elle serait qualifiée de paresseuse ou de mauvaise femme de ménage.

Pendant le repas, une personne chante :

> Nous somm's venus ce jour,
> Du fond de nos villages,
> C'est pour vous annoncer
> La joie du mariage,
> A monsieur votre époux,
> Aussi bien comme à vous ;
> Embrassez-vous tous deux
> Et soyez bien heureux.
>
> N'avez-vous pas été
> Ce matin à la messe ?
> Avez-vous entendu
> Ce qu'il a dit, le prêtre ?
> Fidèle à votre époux,
> De l'aimer comme vous,
> Fidèle à votre époux,
> Le restant de vos jours.

L'amant qui vous a pris,
C'est un garçon bien sage,
Il a bien le talent
D'y conduire un ménage.
Ah! le joli talent,
Que le prix en est long ;
Ah ! le joli talent,
Que le prix en est grand !

Quand on dit son époux,
On dit souvent son maître ;
Ils ne sont point si doux
Comme ils ont promis d'être.
Ont promis d'être doux,
Le reste de leurs jours ;
Ont promis d'être doux,
Ne le sont point du tout.

Aujourd'hui grand festin,
Tout le mond' vous honore ;
Et peut-être demain,
Ça dur'ra-t-il encore ?
Mais au bout de trois jours,
Vous rest'rez seuls chez vous ;
Mais au bout de ce temps,
Vous s'rez seuls à présent.

Il vous en souviendra.
Madam' la mariée,
D'avoir été liée
Avec un lien d'or
Qui dur' jusqu'à la mort ;
D'avoir été liée
Avec un lien d'argent
Qui dure aussi longtemps.

Tenez, v'là un bouquet,
Que ma main vous présente ;
Prenez-en une fleur,
Pour vous faire comprendre
Que tous plaisirs, honneurs,
S'en vont comme les fleurs.

Tenez, v'là un gâteau,
Que ma main vous présente ;
Prenez-en un morceau
Pour vous faire comprendre
Qu'il faut pour vous nourrir,
Travailler et souffrir.

Vous n'irez plus au bal,
Madam' la mariée ;

Rest'rez à la maison,
Tandis qu'les autr's iront,
Vous berc'rez les poupons,
Tandis qu'les autr's iront.

Si vous avez chez vous
Des bœufs, aussi des vaches,
Des brebis, des moutons,
L'embarras du ménage,
Faudra soir et matin
Veiller à tout ce soin.

Si vous avez chez vous,
Enfants et domestiques,
Faudra faire écouter
La parole de Dieu,
Car vous seriez tous deux,
Coupables devant Dieu.


Au milieu du dîner, c'est-à-dire lorsque la
soupe et les nombreux plats de ragoûts ont
été mangés, tout le monde de la noce se lève
de table et va, avec les violons, chercher les
rôtis qui sont à cuire au four.

On range les plats de rôtis par terre et le
marié et la mariée dansent autour en disant :

> — Vous faudrait-il du rôti
> Pour vous exciter l'appétit ?

Et l'on retourne se mettre à table pendant
que les servants déposent de nouveaux plats
devant les invités.

Au Pertre, lorsque la mariée entre pour la
première fois chez elle, on la fait passer par
une porte de derrière. Son mari, pour aller
la rejoindre, est obligé de pénétrer par la
porte de devant laquelle est bouchée par un
petit arbre orné de rubans et de fausses fleurs
qu'on appelle un *Mai* et qui a été planté là
par les servants.

Le marié, pour l'arracher, est souvent obligé
de tirer dur et longtemps, car les racines de
cet arbre ont été enterrées exprès très profondément.

*Les Noces à Bourgbarré, près Rennes*

La veille de la noce, la mariée va se mettre à genoux devant ses parents et leur demande leur bénédiction.

La fille d'honneur qui l'accompagne, chante, pour la mère, la chanson suivante :

O ma fille chérie (*bis*),
Pour nous quitter, tu t'es mise à genoux;
Tu veux donc laisser ta famille,
Le foyer paternel pour suivre ton époux?
Pour la premièr' fois, ta chambre restera vide,
J'irai prêter l'oreill' sans entendre tes pas ;
Dans les sentiers déserts, dans les jardins
|arides,
Pour la première fois, je ne t'y verrai pas.
Oh ! pourtant, sois heureuse,
Suis l'époux que ton cœur a choisi ;
Oh ! pourtant, sois heureuse,
Va, mon enfant, je te bénis !

Dieu commande à la femme
De tout quitter pour suivre son époux ;
Sois donc sans regret dans ton âme,
Compagne de celui qui t'éloigne de nous.

Donne-lui tout ton cœur et ta pensée entière.
A lui seul maintenant, à lui seul ton amour ;
Garde bien, cependant, un souv'nir pour ta
[mère,
Qui séparée de toi, pleurera plus d'un jour.
    Oh ! pourtant sois heureuse,
  Suis l'époux que ton cœur a choisi ;
    Oh ! pourtant, sois heureuse,
  Va, mon enfant, je te bénis !


    Vous, à qui je confie
  Ce bien si cher, ce bien si précieux,
    Je vous donne plus que ma vie,
Vingt ans je l'ai nommée le trésor de mes yeux.
Vous me remplacerez près d'elle sur la terre,
Vous me l'avez juré, vous me l'jurez encor.
Si vous aimez ma fill', comme l'aimait sa mère,
Vous aurez mérité le prix de vos bienfaits.
    Va, ma fill', sois heureuse,
  Suis l'époux que ton cœur a choisi ;
    Va, ma fill', sois heureuse.
  Allez, enfants, je vous bénis !


*
* *

## Le Découronnement de la mariée

A la fin de la noce, on assied la mariée dans une chaise, près de son lit.

Une tailleuse détache la couronne et ne laisse qu'une épingle que le mari doit enlever à tâtons.

Pendant cette cérémonie, une jeune fille, ou bien la tailleuse, chante au nom de la mariée :

> Oh ! moment heureux de l'amour,
>     Me voici enfin mariée ;
> Mon cher époux, dans ce beau jour,
>     Je te confie ma destinée.
> Je t'offre ma main et mon cœur,
> N'pouvant t'en offrir davantage ;
> Mais je veux faire ton bonheur
> Et le charme de ton ménage.
>
> Et vous, parents de mon époux,
> Me voici enfin votre fille ;
> Daignez m'accepter parmi vous,
> Bonne et honorable famille.
> Comme lui, je dois vous aimer,
> Être votre sincère amie ;

13

Et si ce jour peut vous flatter,
Ce sera le plus beau d'ma vie.

A tous mes parents et amis,
J'offre un hommage bien sincère ;
Mais avant, qu'il me soit permis
De l'offrir à ma tendre mère :
C'est ell' qui m'a donné le jour,
C'est ell' qu'a soigné mon enfance,
Elle a des droits à mon amour,
Autant qu'à ma reconnaissance.

Oh ! je sais bien, mon cher époux,
Que tu ne seras pas volage ;
Il est impossibl' de changer,
Tu m'as tenu trop doux langage ;
Mais si tu venais à changer,
Que tu n'aim'rais plus ton amie,
Tu verrais bientôt commencer
Les malheureux jours de ma vie.

Écoute bien, mon cher époux,
Ce que ma franchise t'adresse :
Je veux des plaisirs les plus doux
Couronner ta vive tendresse ;

Mais si quelquefois, parmi nous,
Il s'élève un sombre nuage,
Je te dirai : « Embrassons-nous,
Et faisons la paix du ménage ! » (*bis*).

(Communiqué par Marie Turpin,
tailleuse à Bourgbarré.)

### Les Noces à la Boussac

(dans l'arrondissement de Saint-Malo)

Il n'y a pas plus de trente ans, dans la commune de la Boussac, lorsque la mariée sortait de l'église, elle offrait à tous ceux qui venaient la complimenter, des épingles extrêmement petites, appelées *épingles de la mariée*.

Cette coutume n'existe plus. Le marié offre seulement une prise de tabac à toutes ses connaissances.

Les noces, dans cette commune, comme dans beaucoup d'autres endroits, ont lieu le mardi ; mais à l'époque *des épingles de la mariée*, l'époux ne couchait avec sa femme que le dimanche suivant. La femme restait dans sa famille.

Ce jour-là, on les obligeait à se mettre au lit dans l'après-midi et on leur portait la rôtie.

Comme les lits sont très élevés, il y a un banc placé devant pour permettre d'y monter. Pendant que les amis se livraient à des plaisanteries plus ou moins risquées, en regardant les époux mordre dans les morceaux de pain enfilés par une corde et trempés dans le vin, des femmes apportaient sur le banc, un berceau rempli de jouets d'enfants, de petits sabots, de couteaux, de cuillères, de fourchettes, d'assiettes, d'écuelles, etc., et elles berçaient tous ces objets qui en s'entrechoquant produisaient un bruit étourdissant.

(Communiqué par l'Instituteur de la Boussac).

## Une Noce à Bréal-sous-Montfort

Lorsque la messe est terminée au maître-autel, la fille d'honneur prend la mariée par le bras et, toutes les deux vont prier à l'autel de la Vierge pendant que les gens de la noce

se rendent à la sacristie. Le mari, la cérémonie complètement achevée, va chercher sa
femme pour l'emmener.

Là, comme ailleurs, avant de quitter le
bourg, la noce se rend dans un cabaret pour
manger la beurrée qui se compose de pain, de
beurre et de cidre.

Le départ a ensuite lieu, deux par deux,
violon et mariés en tête ; mais au lieu de re-
monter dans les voitures qui les ont amenés
le matin, tous s'en vont à pied.

Pour égayer la route, ils chantent, accompagnés du *crin-crin*, ce qu'ils appellent des
chansons de marche. Il y en a de deux sortes
les unes qui sont des *rangaines* et les autres
de véritables chansons.

Exemples :

1° Rangaine :

Voici le premier jour du mois d'avril,
    J'entends la caill', la *perderix ;*
J'entends la caill', les p'tits oiseaux,
La joli' tourterell' dans les ormeaux.

Voici le second jour du mois d'avril,
        etc.

On peut ainsi chanter autant de couplets que l'on veut.

2° Chansons de marche :

Chaque vers est chanté deux fois par une personne appelée *le meneur*, puis le couplet entier, c'est-à-dire les deux vers, sont répétés également deux fois par tout le monde.

### *Sur le Vert joli*

Sur le vert joli, entre vous autr's, les filles (*bis*),
Sur le vert joli, qui prenez des maris (*bis*),
Sur le vert joli, n'en prenez pas des jeunes (*bis*),
Sur le vert joli, ni de trop vieux aussi (*bis*),
Sur le vert joli, moi j'en ai pris un jeune (*bis*),
Sur le vert joli, je crois *qu'y m'f'ra mourri* (*bis*).
Sur le vert joli, il va-t-à la taverne (*bis*),
Sur le vert joli, et revient *za* minuit (*bis*).
Sur le vert joli, frapp' le pied dans la porte
(*bis*).
Sur le vert joli, la porte il faut ouvrir (*bis*).
Sur le vert joli, prend la barr' de la porte (*bis*).

Sur le vert joli, m'y reconduit au lit (*bis*),
Sur le vert joli, il cassera ma table (*bis*),
Sur le vert joli, les quenouill's de mon lit (*bis*).
Sur le vert joli, il frappe sur la *berne*[1] (*bis*).
Sur le vert joli, au proch' de moi aussi (*bis*).
Sur le vert joli, voilà comm' sont les hommes.
Sur le vert joli, voilà comme est.....

On désigne, pour faire rire, celui des invités qui n'a pas la réputation d'être tendre avec sa femme, ou bien encore un jaloux ou un ivrogne.

Les *servants* et servantes pris parmi les parents et amis des mariés vont, lorsqu'ils aperçoivent la noce qui revient de la messe, au-devant d'elle à deux ou trois champs avec un pot de cidre et des verres pour offrir à boire aux mariés et aux invités. On boit dans le même verre sans répugnance.

Une fois arrivés au village, les *noçous*, avant le repas, dansent une ou deux contredanses.

C'est seulement vers trois heures de l'après-midi, qu'on se met à table. Ce festin dure

1. Couverture de lit.

plusieurs heures. Souvent le marié se lève
pour aller aider les *servants*.

Au dessert, la mariée fait le tour de la table
en offrant une prise de tabac à chacun.

C'est alors que commencent les chansons,
dites chansons de mariage et chansons de
table :

Amusons-nous, fillett's, profitons des beaux
[jours,
Le temps de nos amours ne dur'ra pas tou-
[jours.

Moi qui suis la cadett', je veux m'y marier,
Il n'y a que ma mèr' qui veut m'y empêcher.

—Vous voulez l'empêcher, mèr', de s'y marier,
Vous voulez l'empêcher, ell' vous en saura
[gré.

— Mari'-toi donc, ma fill', moi je ne t'empêch'
[pas,
Si tu es mal à l'aise, à moi ne t'y plains pas.

— Me voici mariée, grand Dieu, quel change-
[ment.
Avec mes camarad's, j'n'irai plus à présent.

J'ai mon ouvrage à fair', mes enfants à soi-
[gner.

Mon époux est à boire, à fair' le débauché.

Le soir quand il rentèr' bien tard à la maison,
Tout comme à l'ordinair', faut lui donner rai-
[son.

Le soir quand il se couche, il s'y couche en
[jurant,
Le matin quand y s'lève, il se lève en gro-
[gnant.

L'enfant qu'est au berceau, se réveille en pleu-
[rant.
Bercez, bercez, Madam', voilà votr' amus'ment.

La mèr' tout en colèr', s'en va prendr' son en-
[fant,
L'arrose de ses larm's, regrettant son jeun'
[temps.

— Comm' j'étais chez mon pèr', fillette à ma-
[rier,
Je dormais bien tranquill', personn' n'm'en
[empêchait.

Comm' j'étais chez mon pèr', fillette à marier,
Comme j'étais chez ma mèr', j'allais m'y pro-
[mener.

Avec mes camarad's j'allais m'y promener,
Personn' ne m'empêchait, personn' ne m'em-
[pêchait.

— Tu n'es plus chez ton pèr', tu n'es plus chez
[ta mère,
Entendre les discours et les plaisirs d'amour.

Comm' t'étais chez ton pèr', comm' t'étais chez
[ta mère,
Fillette à marier, fallait donc y rester.

*Autres Chansons de Mariage*

*Refrain :*

Parlons du jeu, parlons du mariage,
Parlons d'amour, mais point d's'y marier.

Et point d's'y marier, ni s'y mettre en ménage,
Car arriv' trop souvent du mécontentement.

　　　Parlons du jeu, etc.

Si par malheur, je prends une femm' qui soit
[belle,
Je vois bien du danger pour m'y rendre jaloux.

　　　Parlons du jeu, etc.

Elle aura des amants qui s'en viendront la
[voir,
Du matin jusqu'au soir, du matin jusqu'au
[soir.

Parlons du jeu, etc.

Si par malheur je prends, une femm' qui soit
[laide,
Toujours devant les yeux j'aurai cette laideur.

Parlons du jeu, etc.

Si par malheur je prends une femm' qui soit
[riche,
Bien du danger pour moi si j'y *vas-t-à* l'au-
[berge.

Parlons du jeu, etc.

Ell' m'appell'ra : « Ivrogn', tu manges tout mon
[bien,
Mes enfants n'auront rien, mes enfants n'au-
[ront rien.»

Parlons du jeu, etc.

Si par malheur je prends une femm' qui soit
[pauvre,
Il me faudra alors tout' ma vie travailler.

Parlons du jeu, etc.

Elle aura des enfants qui me diront : « Papa,
Donne-nous donc du pain que l'on n'meur'
[pas de faim.»

Parlons du jeu, parlons du mariage,
Parlons d'amour, mais point d's'y marier.

(Guichen.)

### Le Marié mécontent

Comm' j'étais chez mon père,
Demeurez là, mettez le pied là,
   Garçon à marier,
Bell', mettez là le pied !

Je n'avais rien à faire,
Demeurez là, mettez le pied là,
   Qu'une femme à chercher,
Bell', mettez là le pied !

Et maint'nant que j'en ai une,
Demeurez là, mettez le pied là,
   Ell' m'y fait enrager,
Bell', mettez là le pied !

Ell' m'envoi'-t-à la chasse,
Demeurez là, mettez le pied là,
    Sans boire et sans manger,
Bell', mettez là le pied !

Et quand j'arriv', le soir,
Demeurez là, mettez le pied là,
    Elle a toujours soupé,
Bell', mettez là le pied.

Je lui demand' : « Ma femme,
Demeurez là, mettez le pied là,
    De quoi as-tu soupé ?
Bell', mettez là le pied !

— D'une bonne poulette,
Demeurez là, mettez le pied là,
    Et d'un pigeon ramier,
Bell', mettez là le pied

Les os sont sous la table,
Demeurez là, mettez le pied là,
    Jean, veux-tu les *roucher* ?
Bell', mettez là le pied !

Le pauvre Jean s'y couche,
Demeurez là, mettez le pied là,
        Et se mit à pleurer,
Bell', mettez là le pied !


— Tandis qu'je serai jeune,
Demeurez là, mettez le pied là,
        Je m'y divertirai,
Bell', mettez là le pied !


Et quand je serai vieille,
Demeurez là, mettez le pied là,
        Je me retirerai,
Bell', mettez là le pied !


Dans un vieux presbytère,
Demeurez là, mettez le pied là,
        Avec un bon curé,
Bell', mettez là le pied !


Qu'a du vin dans sa cave,
Demeurez là, mettez le pied là,
        Du lard, dans son charnier.
Bell', mettez là le pied !

Comme on le voit, toutes les chansons de noces, sont contraires au mariage et peu faites pour encourager les jeunes gens à entrer dans les saints liens.

Voici maintenant quelques chansons de table que l'on entend aux noces et dans les réunions de famille.

### *J'aime le mot à rire*

Je voudrais bien passer le bois (*bis*),
Mais je suis trop petit', voyez-vous,
    Mais je suis trop petite.
J'aim' lonla, lanla, derita,
    J'aime le mot à rire.

Nous l'passerions bien tous les deux (*bis*),
Nous l'passerions sans rir', voyez-vous,
    Nous l'passerions sans rire.
J'aim' lonla, lanla, derita,
    J'aime le mot à rire.

Quand nous fûm's au milieu du bois (*bis*),
Il me prit une envie, voyez-vous,
    Il me prit une envie.

J'aim' lonla, lanla, derita,
    J'aime le mot à rire.


C'était de prendre un doux baiser (*bis*),
A la mode jolie, voyez-vous,
    A la mode jolie.
J'aim' lonla, lanla, derita,
    J'aime le mot à rire.


— Prenez-en un, prenez-en deux (*bis*),
Mais n'allez pas le dir', voyez-vous,
    Mais n'allez pas le dire.
J'aim' lonla, lanla, derita,
    J'aime le mot à rire.


Car si mon père le savait (*bis*),
Il me battrait sans rir', voyez-vous,
    Il me battrait sans rire.
J'aim' lonla, lanla, derita,
    J'aime le mot à rire.


Mais si ma mère l'apprenait (*bis*),
Ell' ne ferait qu'en rir', voyez-vous,
    Ell' ne ferait qu'en rire.
J'aim' lonla, lanla, derita,
    J'aime le mot à rire.

Ça lui rappell'rait l'temps passé (*bis*),
Du temps qu'elle était fill', voyez-vous,
    Du temps qu'elle était fille.
J'aim' lonla, lanla, derita,
    J'aime le mot à rire.

Quand les amants venaient lui dire (*bis*)
Qu'elle était bien gentill', voyez-vous,
    Qu'elle était bien gentille.
J'aim' lonla, lanla, derita,
    J'aime le mot à rire.

(Redon.)

*<br>* *

### Le Nigaud de Mari

Mon pèr' m'a donné un mari,
    Jamais vous n'avez tant ri !
La premièr' nuit *j'couchis d'oli*,
    *Ma* qui voulais rire !

La premièr' nuit *j'couchis d'oli*,
    Jamais vous n'avez tant ri !
Le grand nigaud y s'endormit.
    *Ma* qui voulais rire !

14

Le grand nigaud y s'endormit,
  Jamais vous n'avez tant ri !
J'pris une épingle et je *l'piquis,*
  *Ma* qui voulais rire !

J'pris une épingle et je *l'piquis,*
  Jamais vous n'avez tant ri !
Le grand *béta* y *s'en sauvit,*
  *Ma* qui voulais rire !

Le grand *béta* y s'en sauvit,
  Jamais vous n'avez tant ri !
J'pris mes jupons et je *l'coursis*
  *Ma* qui voulais rire.

J'pris mes jupons et je l'coursis,
  Jamais vous n'avez tant ri !
Et devinez où *j'le trouvis ?*
  *Ma* qui voulais rire!

Et devinez où j'le trouvis ?
  Jamais vous n'avez tant ri !
Derrièr' la grang', dans les orties,
  *Ma* qui voulais rire !

Derrièr' la grang', dans les orties,
  Jamais vous n'avez tant ri !
J'l'y pris la main et je *l'ramenis*,
  *Ma* qui voulais rire !

J'l'y pris la main et je l'ramenis,
  Jamais vous n'avez tant ri !
Le grand nigaud y se r'couchit,
  *Ma* qui voulais rire !

Le grand nigaud y se r'couchit,
  Jamais vous n'avez tant ri !
Aussitôt j'me mis près de *li*,
  *Ma* qui voulais rire !

Aussitôt j'me mis près de *li*,
  Jamais vous n'avez tant ri !
J'vous dirai point ce qu'il me fit,
  Mais qu'il me fit rire !

J'vous dirai point ce qu'il me fit,
  Mais qu'il me fit rire !
Non, jamais vous n'avez tant ri !
  Comme il me fit rire !

(Hédé.)

\*
\*\*

## Le Petit Mari

Mon pèr' me donnit un mari :
Petit amant, je le nommis.
    La gobi, berni, guernobi,
Ama la don guerni, guerno,
    Guerno, pinozo !

Dedans mon lit je l'déposis,
Et dans la paille il se perdit.
    La gobi, berni, guernobi,
Ama la don guerni, guerno,
    Guerno, pinozo !

Je pris ma fourch', je l'fourgotis,
Fourgotis tant que je l'trouis.
    La gobi, berni, guernobi,
Ama la don guerni, guerno,
    Guerno, pinozo !

Sus mon foyer, je l' déposis,
Et dans la cendre il se perdit.
    La gobi, berni, guernobi,
Ama la don guerni, guerno,
    Guerno, pinozo!

Je l'cherchis tant que je l'trouvis ;
Mon pauvr' mari était rôti.
   La gobi, berni, guernobi,
Ama la don guerni, guerno,
     Guerno, pinozo!

Je pris un drap pour l'ensev'li :
L'drap était neuf, je l'décousis.
   La gobi, berni, guernobi,
Ama la don guerni, guerno,
     Guerno, pinozo!

Dans le courtil je l'enterris ;
De gros vers blancs l'ont fricotti.
   La gobi, berni, guernobi,
Ama la don guerni, guerno,
     Guerno, pinozo.

(Saint-Malo.)

*L'Ente est dans la haie*

*Refrain:*

L'ente est dans la haie, dans la haie, dans la
  L'ente est dans la haie du jardin. [haie.

I

— Et dans cette ent', vous ne savez ce qu'il
[y a (*bis*) ?
— Il y a plus bell' branche,
Comm' jamais vous n'avez vu branche.
La branche est dans l'ente,
L'ente est dans la haie, dans la haie, dans la
L'ente est dans la haie du jardin. [haie.

II

— Et sur cett' branch' vous ne savez ce qu'il
— Il y a un beau nid,      [y a (*bis*)?
Comm' jamais vous n'avez vu nid.
Le nid est sur la branche,
La branche est dans l'ente,
L'ente est dans la haie, dans la haie, dans la
L'ente est dans la haie du jardin. [haie.

III

— Et dans ce nid vous ne savez ce qu'il y a
— Il y a plus bel œuf,        (*bis*)?
Comm' jamais vous n'avez vu œuf.
L'œuf est dans le nid,
Le nid est sur la branche,

La branche est dans l'ente,
L'ente est dans la haie, dans la haie, dans la
    L'ente est dans la haie du jardin.     [haie.

## IV

— Et sur cet œuf, vous ne savez ce qu'il y a
    — Il y a plus bel oiseau,     (*bis*)?
Comm' jamais vous n'avez vu oiseau.
    L'oiseau est sur l'œuf,
    L'œuf est dans le nid,
    Le nid est sur la branche,
    La branche est dans l'ente,
L'ente est dans la haie, dans la haie, dans la
    L'ente est dans la haie du jardin.     [haie.

## V

— Et sur cet oiseau, vous ne savez ce qu'il
    — Il y a plus bell' plume, [y a (*bis*)?
Comm' jamais vous n'avez vu plume.
    La plume est sur l'oiseau,
    L'oiseau est sur l'œuf,
    L'œuf est dans le nid,
    Le nid est sur la branche,
    La branche est dans l'ente,

L'ente est dans la haie, dans la haie, dans la
    L'ente est dans la haie du jardin.  [haie.

## VI

— Et sur cett' plum' vous ne savez ce qu'il
    — Il y a plus bell' nonne, [y a (*bis*)?
Comm' jamais vous n'avez vu nonne.
    La nonne est sur la plume,
    La plume est sur l'oiseau,
    L'oiseau est sur l'œuf,
    L'œuf est dans le nid,
    Le nid est sur la branche,
    La branche est dans l'ente,
L'ente est dans la haie, dans la haie, dans la
    L'ente est dans la haie du jardin.  [haie.

## VII

— Et sur cett' nonne vous ne savez ce qu'il y
    — Il y a plus beau clocher,  [a (*bis*)?
Comm' jamais vous n'avez vu clocher.
    Le clocher est sur la nonne,
    La nonne est sur la plume,
    La plume est sur l'oiseau,
    L'oiseau est sur l'œuf,

L'œuf est dans le nid,
Le nid est sur la branche,
La branche est dans l'ente,
L'ente est dans la haie, dans la haie, dans la
    L'ente est dans la haie du jardin.   [haie.

## VIII

— Et sur ce clocher vous ne savez ce qu'il y
    — Il y a plus beau coq,       [a (*bis*) ?.
Comm' jamais vous n'avez vu coq.
    Le coq est sur le clocher,
    Le clocher est sur la nonne,
    La nonne est sur la plume,
    La plume est sur l'oiseau,
    L'oiseau est sur l'œuf,
    L'œuf est dans le nid,
    Le nid est sur la branche,
    La branche est dans l'ente,
L'ente est dans la haie, dans la haie, dans la
    L'ente est dans la haie du jardin.   [haie.

## IX

— Et sur ce coq vous ne savez ce qu'il y a
    Il y a plus beaux rubans,       (*bis*) ?

Comm' jamais vous n'avez vu rubans.
> Les rubans sont sur le coq,
> Le coq est sur le clocher,
> Le clocher est sur la nonne,
> La nonne est sur la plume,
> La plume est sur l'oiseau,
> L'oiseau est sur l'œuf,
> L'œuf est dans le nid,
> Le nid est sur la branche,
> La branche est dans l'ente,

L'ente est dans la haie, dans la haie, dans la
> L'ente est dans la haie du jardin.  [haie.

*\*
\* \*

A défaut d'instrument, on chante ce qui suit pour danser le quadrille. On appelle cela *un quatre :*

> Lon lan la, feuille de vigne,
> Lon lan la, tu m'as trompé,

Tu m'as trompé, tu n'me tromperas plus,
> Car de ton vin, je n'veux plus boire.
> Lon lan la, feuille de vigne,
> Lon lan la, tu m'as trompé.

Tu m'as trompé, tu n'me tromperas plus,
 Car de ton vin, je n'boirai plus.

Et on recommence : Lon lan la, etc.

Autres chansons à danser :

  — Bonjour, tantine Perrine,
 Comment vous portez-vous ?
 Vous m'avez l'air chagrine,
 Dit's-moi donc, qu'avez-vous ?

  — Mon bon ami est parti ce matin.
 C'est celui-là qui me fait de la peine.
 Mon bon ami est parti ce matin,
 C'est celui-là qui me fait du chagrin.

   Variante :

  — Bonjour, tantine Perrine,
 Comment s'porte votr' *pourciau* ?
  — Il n'est ni gras ni maigre,
 Les os *li* percent la *piau*.

  — Perrine, ah ! venez çà,
 J'ai d'la galett' dans mon *bissa*.

Quand Perrine elle fut venue,
De la galett' je n'avais plus.

Perrine ell' monte à haut,
Comm' j'amusais le bégaud,
Perrine ell' prend du blé,
Comm' j'amusais le meunier.

— Perrine, ah ! venez çà, etc.

Le soir, après les danses, les tailleuses pro-
cèdent au déshabillé de la mariée. L'une
d'elles chante :

— Monsieur le marié,
On voudrait vous parler ;
C'est votre mariée,
Qui est bien désolée.
Venez la consoler ;
Apportez-lui à boire,
Du vin de la bouteille,
Et venez l'embrasser.

— Madam' la mariée,
Faut vous déshabiller ;
Faut détacher vos hardes,
Vos anneaux et vos bagues,
Pour aller vous coucher.

— Je n'détach' point mes hardes,
Mes anneaux et mes bagues,
Je veux encor danser.

— Madam' la mariée,
Faut vous déshabiller,
Détachez vos *épilles* [1],
Pour donner à ces filles,
Qui vous ont assistée.

La mariée se déshabille en pleurant, et donne une épingle, une seule, à chacune des filles présentes. Celles-ci les conservent précieusement et lorsqu'elles en ont neuf, elles sont certaines de trouver un mari à leur tour.

La tailleuse qui a la spécialité des chants continue :

[1]. Épingles.

— Madam' la mariée,
Voulez-vous vous en v'nir
Au logis d'chez votr' père,
D'où vous avez quitté ?
Vous serez ramenée
De grande compagnie,
Comme à venir ici.

— Oh ! non, oh ! non, les filles,
Je ne m'en irai point ;
Ménage il me faut prendre,
Aujourd'hui, sans attendre,
On me l'a commandé.

Oh ! non, oh ! non, les filles,
Je ne m'en irai point.
S'il faisait clair de lune,
J'écrirais o ma plume,
En vous disant adieu.

Le lendemain matin, on porte, dans le pot
de chambre neuf qui a été acheté par l'un des
invités, et conservé par lui jusqu'à ce moment, la rôtie de la mariée.

Ce sont des morceaux de pain grillé, enfilés
les uns aux autres et trempant dans du vin
chaud.

Après qu'on a longtemps frappé à la porte des
nouveaux époux, le marié se décide à aller
ouvrir et la noce fait irruption dans la chambre.

On porte dans le lit des mariés la rôtie
qu'ils sont obligés de manger et de boire
devant tout le monde, et sans couper le fil qui
retient les morceaux de pain.

Cette coutume fort génante pour la mariée
à laquelle on fait toutes sortes de plaisanteries
grossières sur sa nuit de noce, disparaît presque partout.

Les invités, parents et amis de la mariée
chantent en s'en allant :

— Quand il faut quitter tout ce qu'on aime,
Le cœur ne peut jamais y consentir.

Ah ! Ah ! Ah ? c'est aujourd'hui même.
Qu'il nous faut partir.

Le marié en riant :

— Partez quand vous voudrez ;
Mais pour moi je demeure,
Ah ! si jamais j'en pleure,
Sera quand vous r'viendrez.

La mariée, paraissant en colère au milieu
des siens :

— Sans dout' je partirai,
Sans verser une larme ;
Croyez-vous que vos charmes
M'engag'raient à rester?

Le marié :

— Partez quand vous voudrez.

Mais il court après elle et la ramène à la
maison.

\*\*\*

A Bruz, autrefois, lorsqu'une noce durait
plusieurs jours, la mariée était emmenée
chaque soir coucher chez des parents ou
des voisins, et elle n'appartenait réellement
son mari que lorsque la fête était complètement terminée.

\*\*\*

Jadis, dans la commune de la Bouëxière, quand une fille-mère venait à se marier, elle ne devait entrer dans l'église que par une petite porte. En outre, le mariage avait lieu à six heures du matin. On tintait seulement avec la plus petite cloche, et la messe était célébrée dans une chapelle des bas-côtés.

Au Pertre et dans beaucoup d'autres communes, si une pauvre fille, ayant eu des malheurs avant son mariage, s'avisait de mettre une couronne de fleurs d'oranger le jour de sa noce, les femmes du pays la lui arrachaient.

### 3° COUTUMES ET USAGES

Le vendredi-saint de chaque année, de nombreux pèlerins se rendent à la chapelle de Saint-Eustache, dans la commune de Saint-Étienne-en-Cogles. Ce pèlerinage est sur-

tout le rendez-vous des femmes stériles qui
désirent avoir des enfants.

On rencontre dans la commune de Mernel,
au fond d'une vallée, près d'une fontaine,
non loin du manoir du Bois-au-Voyer, une
antique chapelle connue dans le pays sous le
vocable de *Notre-Dame-de-Joie*.

Les jeunes femmes privées des douceurs de
la maternité vont à cette chapelle prier Marie
de leur faire la grâce de devenir mères. Les
*ex-voto* déposés sur l'autel prouvent que les
vœux pieusement exprimés ont été exaucés.

Voici la légende de *Notre-Dame-de-Joie* :

En 1644, vivaient au château de la Bothe-
leraye, dans la paroisse de Pipriac, René de
Tournemine et Renée Peschart, son épouse.
Bien que favorisés par la fortune, ils souf-
fraient de n'avoir pas d'enfants et n'espéraient
plus voir leur rêve se réaliser, puisque leur
union remontait déjà à plusieurs années.

Or, un jour que Mᵐᵉ de Tournemine se
promenait sur ses terres, elle traversa la

grande lande d'Anast et passa près d'une vieille chapelle qui tombait en ruines. Elle y entra et pria dévotement. En levant les yeux sur les murs lézardés du pauvre édicule, elle vit le soleil qui passait à travers le toit et fit vœu, si elle avait un fils, de relever la chapelle.

Dix mois après, le 19 avril 1645, les cloches de Pipriac sonnaient à toute volée pour annoncer le baptême de Jean-Joseph de Tournemine.

Des ouvriers commencèrent immédiatement les travaux de la chapelle qui fut terminée et bénite au mois de septembre 1647.

On dit dans le canton de Bécherel, qu'une femme enceinte ne doit jamais, pendant tout le temps de sa grossesse, être la marraine d'un enfant, ou bien l'enfant qu'elle mettra au monde sera sourd-muet.

Il ne faut rien refuser à une femme enceinte qui a des *envies*, ou sans cela, l'enfant qu'elle porte dans son sein aurait sur le corps et peut-être même sur la figure des taches ayant rapport avec la chose désirée.

Il ne faut pas non plus lui faire voir des choses qui pourraient l'impressionner.

Ainsi dans un dîner offert par M. de Saint-Germain, ancien officier amputé d'un bras, et nommé receveur des finances à Redon, se trouvait une dame enceinte.

Elle fut tellement émotionnée en voyant la difficulté qu'éprouvait M. de Saint-Germain à manger avec une seule main, que plus tard elle accoucha d'un enfant qui n'avait qu'un bras.

Quand une femme est entre son quatrième et cinquième mois de grossesse, si elle désire savoir de quel sexe sera son enfant, elle a deux moyens à sa disposition.

1° Prier quelqu'un de l'observer sans qu'elle le sache, trois matins de suite, et de remar-

quer sur quel coude elle s'appuie de préférence
en sortant du lit.

Si c'est sur le coude droit, ce sera une fille;
si c'est sur le coude gauche, ce sera un garçon.

2° Dans la journée, lorsqu'elle est assise
sur un siège bas, lui faire légèrement peur
afin de voir de quel côté elle se penchera.

Si c'est du côté droit, fille; du côté gauche,
garçon.

Si la lune ne change pas dans les trois
jours qui suivent la naissance d'un enfant,
celui qui naîtra après lui sera du même
sexe.

Les mariés de l'année, à Sougéal, ont l'habitude d'offrir, le jour de la fête de Saint-
Jean, des épingles dorées à leurs amis et connaissances.

Voici l'origine de cette coutume :

« Jadis, le dit jour Saint-Jean-Baptiste, il

était dû au seigneur de Tréet par les nouveaux et nouvelles mariés qui épousent en
l'église de Sougéal, un devoir de chanson que
les dites mariées chantent ou font chanter à
haute voix à l'issue de la grand'messe audit
bourg de Sougéal, et après la dite chanson
chantée, elles sont tenues de présenter des
épingles au seigneur et à ses officiers, et les
sergents et les maris sont tenus d'y assister
sous peine d'amende. »

(Archives départementales d'Ille-et-Vilaine.)

Dans certaines communes des arrondisse-
ments de Rennes et de Fougères, lorsqu'à la
suite d'une querelle de ménage une femme
battait son mari, les hommes du bourg et des
villages voisins s'emparaient de toutes les
chèvres du pays, leur pendaient des grelots
et des clochettes au cou, leur peignaient les
cornes en rouge et les attelaient toutes à une
petite charrette à bras. Deux hommes, dont
l'un était habillé en femme, montaient dans

le véhicule, et l'attelage accompagné de conducteurs, — un par bête, — ayant tous une quenouille au côté, se rendait en chantant au son du violon, de la clarinette et de la feuille de *brou*[1] devant la maison de l'époux battu. Là, le couple monté dans la charrette se livrait à une scène de pugilat des plus comiques où se mêlaient souvent la quenouille et le balai.

Après cette comédie, il arrivait rarement que la femme contre laquelle cette manifestation était faite, eût envie de recommencer à battre son mari.

Autrefois à Romazy, au moment du carnaval, les jeunes gens promenaient *Bidoche* de maison en maison. On le faisait danser au son de toutes sortes d'instruments. Voici ce que c'était que Bidoche :

On prenait une échelle de la longueur du corps d'un cheval, on garnissait cette échelle

---

1. Lierre. On imite avec la feuille du lierre pliée et placée entre les lèvres, le cri de certains oiseaux.

de cercles de barriques ; à un bout on figurait le cou et la tête d'un cheval, le tout était recouvert d'une housse richement décorée. Ensuite deux jeunes gens passaient la tête et les épaules dans le corps de Bidoche, ne laissant paraître que les jambes pour imiter les quatre pieds de la bête.

L'homme de devant tenait dans ses mains une ficelle fixée à la mâchoire inférieure du faux animal, lequel avait la bouche garnie de drap ou d'étoffe rouge recouvrant des pointes finement aiguisées. Malheur à celui qui mettait la main dans la bouche de Bidoche, car le premier porteur tirait sur la ficelle, et l'imprudent avait la main serrée de façon à le faire crier.

Il y a une quarantaine d'années, cette coutume existait encore ; mais un jour Bidoche fut conduit chez l'institutrice de Romazy, qui eut une peur effroyable, tomba malade et mourut quelques jours après.

Le maire interdit alors la promenade de l'animal fantastique.

\*\*\*

Depuis bien des siècles, il existe dans la commune de Rimou la confrérie des *Cornes*, dont la fête est célébrée le jour de l'assemblée de l'endroit.

Pour être membre de ladite confrérie ou cornard (on prononce *cônard*), on paie deux sous seulement, moyennant lesquels chaque souscripteur a droit à sa quote-part des 52 messes qui sont dites chaque année à Rimou à l'intention desdits cônards, et en plus à une corne d'un petit pain à quatre cornes. Quand on est un membre *sérieux*, on ne laisse pas le bedeau vous détacher une corne du pain ; on paie 30 centimes de supplément pour l'avoir tout entier. Ce pain passe pour se conserver indéfiniment sans moisir ni se putréfier, mais non pas sans durcir.

Un jour un curé de Rimou voulut supprimer la confrérie, mais immédiatement les fabriciens démissionnèrent, et il ne put en trouver d'autres : il fallut bien mettre les pouces et céder ! Du reste les cornes étant offertes gracieusement par les fabriciens, c'est un assez joli bénéfice pour le clergé de la pa-

roisse, car les habitants des communes voisines
se font également inscrire comme *cônards*.

La confrérie comprend 12 à 1500 adeptes.

Il y a environ cent ans, on négligea une
année de faire la distribution du pain, et il
survint un orage épouvantable qui ravagea
toutes les récoltes de la paroisse. Les Rimois
supposèrent que c'était une punition du ciel
en raison de la suppression des cornes, et ils
s'empressèrent de rétablir la confrérie.

Aux Iffs, et même dans tout le canton de
Bécherel, les hommes, le dimanche à la ves-
prée, se livrent à un jeu cruel.

Ils enterrent jusqu'au cou un canard (ou
à défaut de canard un lapin), dont on ne voit
plus que la tête.

L'un des joueurs placé à cinquante mètres
de l'animal est armé d'une faulx et a un
bandeau sur les yeux. Il doit ainsi essayer de
couper la tête de la pauvre bête.

S'il ne réussit pas, un autre le remplace
jusqu'à la mort complète de la victime qui de-

vient alors la propriété de son meurtrier. Celui-ci la met en loterie ou l'emporte chez lui pour la manger en famille.

Chaque individu paie une petite cotisation pour prendre part à ce jeu qui est quelquefois remplacé par un lâcher de poules qu'il faut attraper à la course.

Je me rappelle qu'à la fin du règne de Louis-Philippe, les habitants de la petite ville de Bain organisaient tous les ans, pour le 15 août, un papegai.

C'était une sorte de pigeon de bois, confectionné avec de la racine d'ormeau. Cet oiseau, me suis-je laissé dire, était mis à bouillir dans de l'huile, afin que les balles ne le brisassent pas du premier coup.

Le jour de la fête, tous les tireurs qui s'étaient fait inscrire, et qui avaient souscrit au banquet du soir, se réunissaient sous la halle, au son du tambour. Les gardes nationaux avec leurs fusils à pierre et les chasseurs, les uns avec des canardières, les autres avec des fusils à un ou deux coups venaient s'ali-

gner dans le rang et se dirigeaient ensuite,
l'arme sur l'épaule, par le village de Gravot,
au bas de la butte de Bertaud.

Le papegai était solidement cloué au haut
d'un pieu, bardé de fer, lequel était fiché en
terre à mi-côteau, à environ cinquante mètres
des tireurs.

Puis le tir commençait.

Tous les habitants venaient assister à cette
fête. Des tentes étaient dressées au milieu des
bruyères, et l'on vidait force chopines de
cidre et bouteilles de bière en mangeant des
fruits et des gâteaux.

Chaque fois que le pigeon était atteint
d'une balle, un roulement de tambour se faisait entendre en l'honneur de l'adroit tireur.

Enfin, quand le dernier débris de l'oiseau
venait à tomber par terre, celui qui l'avait
abattu était couronné et amené en triomphe à
la place d'honneur du festin.

L'année suivante, c'était lui qui devait four-
nir le papegai.

Plus tard, quand la garde nationale fut
désarmée, on essaya d'un autre jeu qui, fort
heureusement, n'eut pas de succès.

C'était une malheureuse oie que l'on pendait par les pattes aux branches d'un pommier. Les joueurs armés d'un sabre, et la vue bandée, étaient placés à une certaine distance de la bête. On leur faisait faire plusieurs tours sur eux-mêmes et on leur disait d'aller. Ils cherchaient avec la lame aiguisée de leur sabre à trancher la tête de l'oie.

L'infortunée bête avait, la plupart du temps, le cou dépouillé avant d'être décapitée complètement. C'était écœurant! Celui qui achevait de couper la tête de l'oie en était le propriétaire.

Deux fois par an, à Noël et au mardi-gras, chaque famille se réunit chez les grands-parents pour manger l'oie grasse.

A Vitré, le jour de la mi-carême, dans chaque famille, même les plus pauvres, le dîner se compose exclusivement de crêpes de farine de froment. Comme la famille est souvent nombreuse, on commence à faire ces crêpes plusieurs heures avant le repas et on les sert sur la table en piles énormes.

Quand on tue un cochon (sauf votre res-
pect), c'est toute une fête à la campagne. Non
seulement on envoie du boudin et de la sau-
cisse aux voisins et aux amis, mais encore on
offre à sa famille un dîner qu'on appelle *la
boudinaille*, et qui est un véritable repas de
Gargantua.

On n'y mange que du cochon, mais sous
les formes les plus diverses : griaux, casse,
pâté, boudins, saucisses, gras-double, etc.,
etc., le tout arrosé de nombreux pichés de
.cidre.

*
* *

### La Levée de la Faulx

On s'entr'aide entre voisins à la campagne.

A l'époque de la coupe des foins ou de la
récolte du blé, plusieurs cultivateurs s'unissent
pour rentrer leur récolte. Un champ qui de-
manderait un nombre assez considérable de
journées à un seul ouvrier est expédié dans
un jour.

On travaille ainsi tantôt chez l'un, tantôt
chez l'autre. Celui chez lequel on est, doit

nourrir tout le monde. Cela s'appelle à Bain :
*La levée de la faulx.*

Cette coutume est charmante. Le travail
se fait avec entrain et rapidement. Les repas
ont lieu au milieu d'une franche gaieté.

Quand le paysan vanne son grain dans
l'aire à la récolte, et qu'il est aveuglé par la
poussière, il ne manque pas de dire : « Il faut
avaler sept boisseaux de poussière avant de
mourir. »

Les cuisinières, quand elles enlèvent la
cendre du foyer, disent, elles aussi : « Il faut
avaler deux boisseaux de cendre avant de passer l'arme à gauche. »

Quand un enfant se plaint de la cuisine de
sa mère, celle-ci lui répond : « Quand tu seras
à ton *gueriau* bouilli on verra si tu seras
mieux. »

Cela veut dire : « Lorsque tu seras chez toi, à
ton compte, à ton ménage, à manger, malheu-

reux, du gruau bouilli, on verra bien si ta
cuisine sera meilleure que la mienne. »

A Servon, lors de la récolte du chanvre et
du lin, les gars et les filles du pays se réunissent pour aller dans les fermes s'offrir à
porter le chanvre et le lin à rouir dans les
rivières et dans les *doués*.

Après cela a lieu un repas suivi de danses
et de chansons.

Dans le pays du Pertre, sur la limite de
l'Ille-et-Vilaine et de la Mayenne, au commencement de la récolte, les fermiers portent
à leurs propriétaires une gerbe de blé ornée de
fleurs et de rubans. On s'embrasse, on boit,
on trinque à la santé les uns des autres, et
plus tard, lorsque la récolte est complètement
achevée, le maître réunit dans un dîner tous
ceux qui cultivent ses terres.

Dans l'arrondissement de Vitré, on appelle *Barbatte* la fin de la récolte. Dans l'arrondissement de Fougères, on dit *Parbatte*.

Lorsqu'on a fini de battre le grain, on met de côté plusieurs gerbes sur lesquelles sont déposés des bouquets.

Les ouvriers vont chercher le fermier, sa femme et ses enfants qu'ils amènent dans l'aire, les femmes conduites par les journaliers, les hommes par les journalières. Le dialogue suivant a lieu :

— Que nous voulez-vous? disent les fermiers.

— Que vous veniez lever une gerbe trop lourde pour nous.

— Allons-y.

Le fermier et la fermière s'emparent des fleurs en disant : « Voilà de beaux bouquets, il faut les *empiéter*,» c'est-à-dire se donner un baiser, ce qui est aussitôt fait. Du cidre est apporté, l'on trinque à la santé de tout le monde. Puis les dernières gerbes sont battues, l'on s'en va diner tous ensemble, l'on boit ferme et l'on chante.

*<br>* *

## Chanson de la Gerbe

La gerbe se chante depuis un temps immémorial dans la commune de Saint-Brice-en-Cogles. C'est à la *Parbatle*, c'est-à-dire lorsque le battage des céréales est terminé, que toutes les personnes qui ont aidé à la récolte se réunissent dans l'aire pour la chanter. Les hommes ont des bouquets à leurs chapeaux et les femmes des fleurs à leurs corsages.

Ah ! salut à la bourgeoise,
Et le bourgeois en suivant.
Battu nous avons la gerbe, ⎱
Aujourd'hui, joyeusement. ⎰ *bis.*

J'vous saluons, les enfants,
Les domestiqu's pareillement.
Battu, etc.

Voici la saison qu'arrive,
Et le mois d'août en suivant.
Battu, etc.

Tous les garçons du village,
S'en vont, la gerbe battant.
Battu, etc.

V'là les bouquets qu'on apporte,
Chacun va, se fleurissant.
Battu, etc.

Par un matin, je m'y lève,
Par un beau soleil levant.
Battu, etc.

En entrant dans mon jardin,
Par une porte d'argent.
Battu, etc.

J'aperçois un romarin,
Qui fleurissait, rouge et blanc.
Battu, etc.

J'en ai coupé une branche,
Avec mes ciseaux d'argent.
Battu, etc.

Je l'envoie à ma maîtresse,
Par l'alouette des champs.
Battu, etc.

Ell' m'y renvoie une lettre,
Par le rossignol chantant.
Battu, etc.

Il n'y a ni prêtr', ni moine,
A savoir ce qu'il ya d'dans.
Battu, etc.

Et *ma* qui ne sais pas lire,
*J'vas* vous l'dire cependant.
Battu, etc.

Il y a dedans la lettre :
« Mon ami, je vous aim' tant ! »
Battu, etc.

Viendra le jour de la noce,
Travaillons en attendant.
Battu, etc.

Devers la Toussaint prochaine,
*J'aurons* tout contentement.
Battu, etc.

Nous irons à la grand'messe,
Les rubans au *parvolant*[1].
Battu, etc.

Nous aurons battu *l'avène*,
L'orge, le blé, le froment.
Battu, etc.

1. Qui volent au vent.

Nous sommes bien vingt ou trente,
N'est-c' pas un beau régiment ?
Battu, nous avons la gerbe,  } *bis.*
Aujourd'hui, joyeusement.  }

### *Le Chanvre, le Lin, la Lessive*

#### ROUISSAGE

Quand on arrache le chanvre ou le lin, on le met par bottes et on le *grouge*, c'est-à-dire qu'on enlève la graine au moyen d'un instrument que les paysans appellent *grougeur*, mais ils prononcent *grugeur*.

Le chanvre et le lin sont mis à rouir dans des mares ou des *doués*, au milieu des champs sans arbres alentour.

On met de grosses pierres dessus pour qu'ils enfoncent dans l'eau. Ils y restent environ quinze jours ; après cela, ils sont étendus sur les prés.

Deux ou trois jours avant le broyage, on les fait passer au four une fois que le pain a été cuit.

### BROYAGE

Le chanvre et le lin sont d'abord pilés, écrasés avec des *mailloches* en bois, et ensuite broyés à l'aide de machines également en bois et à traverses creuses. Celle du dessus écrase la plante sans la couper.

Le déchet sert à faire des litières aux bestiaux.

Le broyage se fait généralement en hiver, dans les étables, qui deviennent alors un lieu de rendez-vous pour les gars et les filles. C'est ce qu'on appelle les *veillois*. On y dit des contes et on chante les vieilles chansons du temps passé.

### TISSAGE

Lorsque le chanvre et le lin sont réduits en filasse, les femmes les filent. Ce fil est plus tard porté au tisserand qui en fait une toile grossière, mais presque inusable.

Aujourd'hui que la toile est très bon marché, on préfère l'acheter, et la culture du chanvre et du lin a beaucoup diminué.

Par suite, les pauvres tisserands de campagne sont devenus rares. On ne les voit plus
confinés dans leurs caves humides et travail-
lant des pieds et des mains sur leurs métiers
où ils ressemblaient à de grandes araignées.

Dans certaines parties de l'arrondissement
de Vitré, on ne portait pas le fil au tisserand
chez lui. Il y avait des ouvriers qui allaient
de ferme en ferme, avec leur métier, fabriquer
la toile, et qui étaient la plupart du temps
payés en nature.

### LA LESSIVE

Les domestiques des deux sexes de la commune du Pertre et des communes environnantes, lorsqu'ils se gagent chez un cultivateur, apportent chez ce dernier, leur armoire
au linge.

C'est là l'orgueil des filles de la campagne.
On dit qu'elles ne peuvent se marier que
lorsqu'elles possèdent six douzaines de chemises et deux douzaines de draps.

Il leur faut, en effet, une certaine quantité de linge, attendu que dans les fermes on ne fait une lessive complète qu'après les grands travaux de la récolte. En temps ordinaire, les ménagères se contentent de passer le linge sale à l'eau froide.

Un domestique porte une chemise huit jours et change les draps de son lit tous les deux mois.

La lessive générale de la fin de l'été est une sorte de fête à la ferme. En raison de la quantité considérable de linge, il faut un grand nombre de femmes pour le laver ; aussi, plusieurs familles se réunissent-elles pour faire le travail en commun.

On mange chez celle pour laquelle on travaille, et quand le linge est sec et rentré, il y a un repas plus copieux que les autres, à la fin duquel on chante la chanson de « *La Lessive.* »

— Voici la lessive faite, } *bis.*
Où la laverons-nous ? }
C'est un plaisir, ma brunette,
C'est un plaisir que l'amour !

— Là-bas, dans ces vallées, $\Big\}$ *bis.*
Que l'amour est aimée !
Le ruisseau coule partout,
C'est un plaisir, ma brunette,
C'est un plaisir que l'amour !

— La lessive est lavée, $\Big\}$ *bis.*
Que l'amour est aimée !
Où la sècherons-nous ?
C'est un plaisir, ma brunette,
C'est un plaisir que l'amour !

— Là-bas, sur ces montagnes, $\Big\}$ *bis.*
Le soleil *raye* partout.
C'est un plaisir, ma brunette,
C'est un plaisir que l'amour !

— La lessive est séchée, $\Big\}$ *bis.*
Que l'amour est aimée !
Où la ramasserons-nous ?
C'est un plaisir, ma brunette,
C'est un plaisir que l'amour !

— Dans les buffets, dans les coffres, $\Big\}$ *bis.*
Dans les armoires *estout*,

C'est un plaisir, ma brunette,
C'est un plaisir que l'amour !

(Chanté par Fine Daniel, de Bruz.)

Un jour, dans une ferme, je dis à une bonne femme :

— Vous avez là, sur le feu, une soupe qui sent très bon.

— Ah! Monsieur, me répondit-elle, c'est cependant de la soupe des trois vertus.

— Comment ? de la soupe des trois vertus?

— Mais oui, on l'appelle ainsi, parce qu'elle est si maigre et si claire, qu'elle trempe le pain, passe la soif et lave l'écuelle.

Autrefois, le jour de la Saint-Crespin, les ouvriers cordonniers organisaient une fête. Ils allaient d'abord à la messe, puis ensuite à un banquet par souscription.

Les ouvriers des autres corporations chantaient pour se moquer d'eux :

C'est à la Saint-Crespin,
　　　Mon cousin,
Que les cordonniers se frisent,
　　　Pour aller voir catin,
　　Qu'a *fait* dans sa chemise.

Ce couplet a bien souvent provoqué des
disputes et des rixes.

Les paysans, par les plus grandes chaleurs
de l'été, font *merienne* (lisez méridienne), en
plein soleil couchés sur le ventre.

« Ça fait fondre la moelle des os, disent-ils,
et c'est nécessaire pour la santé du corps. »

Quant à l'automne, les pauvres enfants de
l'Auvergne viennent dans notre pays pour
ramoner nos cheminées, les gens de la campagne exigent d'eux qu'ils apparaissent sur
le toit de la maison, au haut du tuyau de la cheminée, pour chanter un couplet de chanson.

Ils ont ainsi la certitude que le petit garçon a complètement fait sa besogne.

Ne comprenant pas bien son charabia, ils traduisent ainsi ses paroles :

C'est Madam' la cuisinière,
Qu'a pété dans sa chaudière,
Et qui a cassé ses plats.
Lon lon la,
Ramonez-la,
La cheminée du haut en bas !

J'ai de bonnes aiguilles,
C'est pour les belles filles,
Les laides n'en auront pas.
Lon lon la,
Ramonez-la,
La cheminée du haut en bas !

En passant par la cuisine,
Quelquefois j'embrasse Perrine,
Quelquefois je ne l'embrasse pas.
Lon lon la,
Ramonez-la,
La cheminée du haut en bas !

Tout le long du bois,
*J'embrassis* Jeannette,
Tout le long du bois,
*J'l'embrassis* trois fois.
Lon lon la,
Ramonez-la,
La cheminée du haut en bas !

Le bedeau de diverses petites communes du département a ordinairement pour tout traitement ce que les habitants lui donnent pour le carillon des baptêmes. Aussi se rend-il après les fêtes de la Toussaint ou en janvier dans chaque maison faire une quête.

Le bedeau de Bruz, lui, s'en va avec un sac sur le dos et on lui remet du froment, du blé noir, de l'orge, etc.

Dans une autre commune, le deuxième vicaire n'étant pas payé par l'État, ce sont les trésoriers de la fabrique qui vont, deux ensemble, à l'époque de Noël, faire une quête à domicile chez tous les habitants.

Presque tout le monde donne, et même offre à boire aux quêteurs qui, le soir, rentrent souvent chez eux dans un état complet d'ébriété.

Si nous quittons un instant les villages et les bourgades, nous verrons que la manière de vivre des citadins a bien changé depuis un demi-siècle.

Nos aïeux avaient, en effet, une existence toute différente de la nôtre.

Ils n'allaient point à Paramé ou à Dinard. Ils ne connaissaient pas le jeu des petits chevaux et ignoraient ce que c'était qu'un casino.

Tout bon petit bourgeois de la cité rennaise avait dans la campagne une ferme plus ou moins importante en raison du plus ou moins de fortune de son propriétaire, et, attenant à cette ferme, un petit manoir avec jardin, orangerie, vivier, etc.

J'aime à errer dans les chemins creux pour découvrir encore, cachés par des haies de buis, et des ifs bizarrement taillés, ces vieux nids d'autrefois que l'on appelait alors des *retenues*.

Comme la famille y passait toute la belle saison, c'est-à-dire depuis Pâques jusqu'à la
Toussaint, et quelquefois même jusqu'à Noël.
cette résidence d'été avait tout le confortable
désirable. Elle était protégée par des douves
larges et profondes, remplies d'eau, dont la
terre avait servi à exhausser le jardin qui était
lui-même entouré d'une énorme haie de buis
ou d'épines ne permettant pas au passant d'en
apercevoir l'intérieur.

Ce jardin, toujours très vaste, était l'objet
de soins incessants. Il ne ressemblait en rien,
lui non plus, aux jardins de notre époque.
Les pelouses y étaient inconnues, mais en
revanche les carrés, les losanges, les ovales
s'étendaient à perte de vue, et chacun de ces
dessins, aux formes variées, était entouré
d'une bordure de petits buis qu'on taillait fréquemment.

Un cadran solaire avait sa place marquée
au milieu de la grande allée centrale.

En plein midi, était une orangerie dans laquelle, à l'automne, on rentrait les orangers
en caisses et diverses plantes craignant le
froid.

En face, un pavillon servait d'abri les jours de pluie ou de vent.

Tout au bout du jardin, de grands arbres, chênes, ormeaux et tilleuls projetaient leur ombre sur une charmille dans laquelle le soleil ne pénétrait qu'en hiver et où l'on allait chercher la fraîcheur en été.

La journée presque tout entière se passait au jardin.

Les jeunes filles s'occupaient de travaux de couture ou de broderie ; les mères de famille tricotaient des bas ou des gilets de laine. Beaucoup d'entre elles filaient au rouet.

Le dimanche, après vêpres, on lisait le *Musée des Familles*, — le seul journal illustré de l'époque, — ou bien les lettres de M^{me} de Sévigné. Le surmenage intellectuel était inconnu et l'on ne craignait pas les méningites.

Le père, lui, avait sa bibliothèque dans un petit cabinet de travail, dont seul il avait la clef. La composition de cette bibliothèque dépendait de l'esprit du maître de la maison.

Les uns, — ceux que nous appelons aujourd'hui les gens bien pensants, — n'avaient que les œuvres de M. de Buffon ; les *Études*

*de la Nature,* par Bernardin de Saint-Pierre ;
les OEuvres de Bossuet, Fénelon, Bourdaloue,
Fléchier. Et encore souvent, *Télémaque* était
banni comme mauvais livre. On blâmait Fénelon de l'avoir écrit : le fils d'Ulysse aimait
trop à flirter avec Calypso.

Chez d'autres, au contraire, — mais ceux-
là c'étaient les révoltés, les parpaillots, — on
apercevait l'*Encyclopédie* de Diderot, les ou-
vrages de M. de Voltaire et de Jean-Jacques
Rousseau. Les femmes se signaient en passant devant la bibliothèque et craignaient de
voir le feu du ciel tomber sur la maison.

Il y avait un livre qui, lui, traînait partout :
on le rencontrait tout aussi bien à la cuisine
qu'au salon, dans les chambres comme dans
le jardin. C'était la *Maison rustique,* qui con-
tenait des recettes pour la cuisine et pour la
façon de faire la pâtisserie et les confitures,
des remèdes pour toutes les maladies, et enfin des articles de pêche, de chasse, de jardi-
nage, de botanique, en un mot tout ce qui
peut intéresser la campagne.

Ces gros volumes, — rares aujourd'hui, —
qui servaient aussi à exhausser les petits en-

17

fants lorsqu'on les mettait à table, étaient consultés toute la journée par tous les membres de la famille.

Il y avait, dans chacun de ces petits manoirs, une pharmacie qui permettait non seulement de se soigner, mais encore de secourir les indigents du voisinage qui tombaient malades. Les dames n'hésitaient jamais à les visiter, à les soigner et à leur porter ce qui manquait chez eux.

A l'automne, la cueillette des fruits était l'une des grandes préoccupations du ménage.

Chaque propriétaire ne plantait dans son jardin que des arbres irréprochables, et leurs fruits, d'une saveur exquise, étaient tous cueillis à la main et transportés délicatement dans le fruitier.

La confection des confitures était chose grave. C'était pour l'hiver le principal dessert et on le voulait succulent.

Lorsqu'on recevait des amis, la table était abondamment servie, les tanches du vivier, les canards et les poulets de la basse-cour étaient sacrifiés ; mais après cela la nourriture habituelle des hôtes du manoir était des plus simples et des plus frugales.

Lorsqu'une jeune fille était demandée en mariage, la noce n'avait lieu que six mois après les fiançailles.

Il fallait au moins cela pour permettre aux menuisiers, — qui venaient s'installer au domicile des parents, — de fabriquer sur mesure les meubles des jeunes époux.

On descendait des greniers des planches de chêne qui étaient à sécher depuis quinze ou vingt ans. Ce bois, d'une épaisseur extrême, était, en raison de sa vieillesse, dur comme de l'ébène. Des artistes le fouillaient, le travaillaient et fabriquaient ces splendides armoires, ces grands buffets et ces superbes bahuts qui font aujourd'hui l'admiration des amateurs.

Le plus grand luxe du ménage était le linge. Il fallait que les armoires en fussent remplies. Aussi tous les tisserands du voisinage travaillaient nuit et jour, tandis que les couturières taillaient et cousaient les chemises, les draps et les serviettes.

La fiancée, pour faire patienter son futur, ne jouait pas du piano et ne lui récitait pas de

monologues ; mais elle chantait *Fleur du Tage*
en s'accompagnant de l'épinette.

### 4° CROYANCES ET SUPERSTITIONS

Le dimanche de la Chandeleur, dans toutes
les églises, le prêtre bénit les cierges.

Les familles chrétiennes ne manquent jamais d'en faire bénir un qu'elles emportent
dans leur demeure.

Ce cierge est allumé lorsqu'un malade est
mis en extrême-onction.

Dans les campagnes, on allume aussi le
cierge de la Chandeleur lorsqu'éclate un orage.
Il doit éloigner la foudre de la maison dans laquelle il brûle.

Aux environs de Châteaubriant, une nuit
qu'un orage vint à éclater, une fermière dit à
son mari : « Lève-toi et allume le cierge de
la Chandeleur. » A peine le paysan fut-il hors
du lit que la foudre tomba sur la maison, traversa le lit et tua la femme sans qu'elle eût
le temps de proférer un cri.

Le mari alluma son cierge et se recoucha
sans soupçonner ce qui était arrivé. Ce ne fut
que quelques instants après qu'il s'aperçut que
sa femme était morte.

Le cierge de la Chandeleur avait sauvé l'homme.

Les feux de joie qu'on allume encore quelquefois la veille de la Saint-Jean, donnaient lieu, jadis à Dol, à une fête spéciale : à la fin des vêpres célébrées à la cathédrale, le chapitre se rendait processionnellement au bûcher et le grand chantre portant le bâton doré, insigne de sa charge, revêtu d'un surplis et d'une étole, allumait très solennellement le feu aux applaudissements de la foule.

Autrefois, sur les bords de la côte, aux environs de Cancale, on mettait un tison du dernier feu de la Saint-Jean, à tremper dans le bénitier accroché au fond du lit.

Ce tison était destiné à protéger de la foudre.

Tout le long de la côte bretonne, on aperçoit de petites chapelles, situées au sommet des falaises, et qui sont dédiées à *Notre-Dame de la Garde*. Elles sont remplies d'*ex-voto* naïfs.

L'on voit, après une tempête ou au retour d'un long voyage, des marins au teint hâlé, la tête découverte et les pieds nus, gravir les sentiers conduisant aux chapelles. Ils vont remercier la Vierge qui les a sauvés du naufrage.

Il existe dans le cimetière de Rennes une humble croix de bois, peinte en rouge, recouverte de nombreux petits sachets de toile. Ces sacs renferment de la terre prise sur la tombe d'une religieuse, M<sup>lle</sup> de Coëtlogon, enterrée sous cette croix, et qui guérit toutes sortes de maux, et principalement la fièvre.

Le malade, après avoir rempli le sachet, le porte sur sa poitrine pendant neuf jours et le rapporte sur la tombe de la défunte.

Un fait analogue se passe à Boistrudan, sur la tombe de M. Leroux, ancien curé de cette paroisse, tué dans le cimetière en 1792.

A Vitré, les malades atteints de la fièvre

vont prier sur la tombe de M. de la Gueretterie, ancien curé de Saint-Martin. Ils allument de petites lampes qu'ils entretiennent pendant neuf jours et neuf nuits.

Au milieu des ténèbres, on aperçoit, dans le cimetière, jusqu'à sept et huit lumières sur le tombeau du prêtre.

Autrefois dans les paroisses du canton de Saint-Malo, le dimanche des Rameaux, les paysans en sortant de la messe allaient planter au milieu de leurs champs, la branche de laurier bénit, après en avoir détaché quelques feuilles, destinées à leur bénitier. Cet usage est tombé en désuétude.

Jadis, on ne menait aux champs, pour la première fois, les petits agneaux nés au printemps, que le vendredi saint.

On croyait autrefois dans la commune
d'Argentré, et beaucoup de paysans le croient
encore, que les animaux de ferme s'agenouil-
lent la nuit de Noël, dans les étables à l'heure
de minuit.

Quand on charrue le vendredi saint, on fait
saigner la terre toute l'année.

(Vitré.)

Dans presque tout le département, on plante
les pépins de citrouilles le vendredi saint.
Ainsi semées sans bruit, c'est-à-dire en l'absence des cloches de l'église, elles doivent devenir très grosses.

A Bruz, on ne les sème que le samedi saint
au moment de la messe, où les cloches reviennent, au *Gloria*.

Beaucoup de paysans sont encore persuadés
qu'en pendant à une poutre de la pièce qu'ils

habitent une sardine grillée le vendredi saint, ils ne seront pas incommodés l'été par les mouches.

Ils croient également qu'en répandant du bouillon de soupe, toujours le vendredi saint, dans les mares qui avoisinent leurs demeures, ils n'entendront pas coasser les grenouilles dans la belle saison.

Les charbons provenant de la bûche de Noël une fois éteints et mis sous un lit préservent du tonnerre.

\*\*\*

Il ne faut pas *battre* (cueillir) ses noix le vendredi qui précède l'Assomption, car en le faisant ce jour-là, les noyers ne donneraient pas de fruits pendant plusieurs années.

(Le Pertre.)

\*\*\*

On ne boulange pas le vendredi bénit (vendredi saint), parce que toute l'année le pain moisirait.

\*\*\*

On ne doit pas semer le lin pendant la semaine sainte, ou bien la graine sera mangée par les puces.

Il ne faut pas faire non plus la lessive pendant cette semaine, ou bien dans l'année il mourrait quelqu'un de la famille.

Et pourtant c'est pendant la semaine sainte qu'on nettoie toutes les maisons, on les blanchit à la chaux intérieurement, extérieurement et on lave les carreaux des fenêtres.

Le samedi saint le prêtre bénit dans les églises l'eau qui doit être versée toute l'année dans les bénitiers.

Cette eau est ordinairement dans un grand bassin de cuivre placé au milieu de l'église.

A Bain, les bonnes femmes de la campagne attendent avec impatience que la cérémonie soit terminée pour aller remplir les petites bouteilles de verre qu'elles ont dans leurs *pochettes*.

Quand tout est fini, elles se précipitent,
se poussent, se bousculent, se battent même
pour arriver les premières, persuadées que
celles-ci prenant la crème, seront plus favori-
sées que les autres, c'est-à-dire que leurs
vaches auront un lait qui ne tarira pas et
sera plus abondant que celui des vaches des
autres femmes qui seront arrivées les dernières.

En rentrant chez elles, elles aspergent leurs
troupeaux d'eau bénite.

On ne doit pas entamer le pain sans faire
préalablement, sur le dessus, le simulacre
d'une croix avec le couteau.

De même lorsque les ménagères cuisent
de la galette, elles font, avec la *tournette*, le
simulacre d'une croix sur la première galette.

Dans plusieurs églises du diocèse, notamment à Saint-Sauveur de Rennes et à Saint-

Sulpice-de-Fougères, ainsi que le constatent les comptes des trésoriers de cette époque, le jour de la Pentecôte, aux xv$^e$ et au xvi$^e$ siècles, on faisait descendre de la voûte du sanctuaire un pigeon sur l'autel, pendant l'office, pour rappeler la descente du Saint-Esprit sur les Apôtres.

Sainte Anne, comme on le sait, apprit à lire à la sainte Vierge.

A Vitré, on conduit les petits enfants des écoles en pèlerinage à la chapelle de sainte Anne, en Sainte-Croix, pour les bien disposer à l'étude.

Cette chapelle est ordinairement fermée et parents et enfants prient sur les marches de la porte.

Ils déposent avant de s'en aller, une offrande dans une espèce de conduit extérieur qui communique à un tronc placé dans la chapelle.

Dans les campagnes de l'arrondissement de Redon, on croit que le prêtre appelé trop tard pour administrer le saint Viatique à un malade qui vient de mourir est, en s'en retournant, accablé par le poids de l'hostie qu'il lui faut reporter à l'église.

Cette hostie, si légère en venant, a atteint un poids excessif par le fait de n'avoir pu être administrée au moribond.

A Bruz, pour ne pas avoir à rapporter l'hostie du fond de la campagne, le clergé recommande à l'avance à quelqu'un de la ferme où se trouve le malade de rester à jeun, pour pouvoir être confessé et communié à la place du défunt.

Lorsqu'on a perdu un objet quelconque il faut, pour le retrouver, invoquer saint Antoine de Padoue, dire un *Pater* et un *Ave*, puis ajouter :

Saint Antoine de Padoue,
Débouchez tous les petits trous
Pour que je retrouve ce que j'ai perdu.
(*Désigner l'objet.*)

Ou bien encore :

Saint Antoine de Padoue, ami de Jésus.
Faites-moi retrouver l'objet que j'ai perdu.

Dans les chapelles où se trouve sa statue on dépose sur l'autel des pieds de cochons. Le propriétaire ou le fermier de la chapelle font leur ronde chaque jour et s'emparent des offrandes.

Depuis peu, sur la demande des habitants de la paroisse de Bruz, on a élevé dans l'église une statue de saint Antoine près de la porte de la sacristie.

Quand on vient à se brûler, il faut immédiatement invoquer saint Laurent, en lui disant : *Saint Laurent, je me brûle.*

La brûlure doit se guérir sans trop de souffrance.

Une bonne femme, appelée la mère Cohan, qui demeurait au Gué-du-Fond, dans la commune de Chavagne, guérissait les brûlures et d'autres maladies en disant des prières à rebours et en faisant le signe de la croix de la même façon.

Le curé de Bruz défendait à ses paroissiens d'aller consulter cette sorcière et refusait, à confesse, l'absolution aux personnes qui y allaient malgré sa défense.

A propos de prières à rebours, on raconte qu'un samedi un homme qui revenait tard de sa journée vit dans un pâtis, à la Croix-Madame, en Bruz, des sorciers qui dansaient.

Il fit le signe de croix à rebours et, au même instant, tous les danseurs restèrent dans la position où ils se trouvaient sans pouvoir bouger.

Le journalier continua son chemin, et en arrivant chez lui dit à sa femme : « Faudra me réveiller demain matin de bonne heure. »

La femme oublia la recommandation, et quand son homme se réveilla, il faisait grand jour.

Il se rendit aussitôt à la Croix-Madame où, les sorciers étaient toujours dans la même position que la veille. Il reconnut des gars de Chavagne, des filles de Bruz et d'autres jeunesses de toutes les communes environnantes.

Il fit le signe de la croix comme il doit se faire, et tout le monde se sauva.

On fait quelquefois dire une messe pour la guérison d'un épileptique, mais il faut que l'argent qui paie cette messe soit de l'argent mendié. Aussi voit-on des personnes, dans une grande aisance, mendier ou faire mendier dans cette intention.

D'autres personnes vont pieds nus tendre la main, afin de réaliser une certaine somme pour effectuer pédestrement un pèlerinage promis à Sainte-Anne-d'Auray, et même jusqu'à Lourdes.

Certains maires délivrent des certificats attestant la promesse du pèlerinage, afin qu'on n'arrête pas leurs administrés comme mendiants de profession.

Près de la petite ville de Bain, depuis que l'édifice religieux qui se trouvait à l'endroit où est aujourd'hui le village de la Chapelle a été détruit, et que la statue de sainte Émerance a été exposée sur le bord de la route de Châteaubriant, il n'est plus possible au fermier de faire de levain pour la fabrication de son pain. Il est obligé de l'aller chercher ailleurs.

## La Fontaine de Saint-Fiacre

Autrefois, les fontaines dans nos campagnes bretonnes étaient dédiées à des saints et leur eau guérissait toutes sortes de maladies.

Nos pères avaient une très grande vénération pour les sources miraculeuses et croyaient fermement à leur efficacité.

Il n'y a pas très longtemps encore que le clergé, pendant les grandes sécheresses de l'été, se rendait processionnellement à ces fontaines dans le but d'obtenir une pluie bienfaisante pour les biens de la terre.

Le clergé de Mauron allait à la fontaine de Baranton, sur la lisière de la forêt de Paimpont.

Celui de Saint-Brieuc-des-Iffs, dans le canton de Bécherel, se rendait à la fontaine de

18

Saint-Fiacre, dans la commune des Iffs, et trempait le pied de la croix jusqu'au tiers dans l'eau de la fontaine. La pluie ne tardait pas à tomber.

Cette fontaine de Saint-Fiacre est encore en renom. Son eau, ainsi que nous l'avons dit au commencement de notre ouvrage, guérit les coliques des petits enfants, aussi y vient-on det rès loin en pèlerinage.

Voici comment on raconte dans le pays l'origine de cette source :

. Au temps jadis un cultivateur, propriétaire d'un *doué*, dans une prairie appelée le *Pré du Gué*, y avait mis du lin à rouir, mais n'avait pas pris la précaution de mettre des pierres dessus pour le faire tremper dans l'eau, de sorte que le lin nageait à la surface de la mare.

Saint Fiacre qui passait par là, eut pitié du pauvre homme qui laissait ainsi sa récolte perdre sous les chauds rayons du soleil, et ne trouvant pas de grosses pierres à la portée de sa main, il s'assit sur le lin pour le faire rouir.

Le cultivateur vint à son tour se promener dans le Pré du Gué et vit le saint qui, pour

lui rendre service, avait depuis plusieurs
jours la moitié du corps dans l'eau et tremblait la fièvre. Il le chargea sur son dos, afin
de le reporter à son ermitage.

En passant à l'endroit où est aujourd'hui la
fontaine miraculeuse, le bonhomme qui portait saint Fiacre ayant soif, s'écria ! « *O ciel!
comme je boirais bien un coup!* » Le saint lui
fit signe de s'arrêter et de le mettre à terre.
Puis, de sa bêche qu'il portait avec lui pour
arracher les racines des plantes qui lui servaient de nourriture, il frappa le sol et aussitôt
une source jaillit à la grande joie du paysan
qui put ainsi se désaltérer.

Plus tard, la source continuant de jaillir, on
creusa une fontaine qui prit le nom du saint.
Presque tous les champs qui l'entourent s'appellent encore aujourd'hui les champs de St-Fiacre.

Une antique statue de ce saint, tenant une
bêche à la main, est dans l'église des Iffs. Autrefois, le jour de la fête de saint Fiacre, comme
beaucoup de pèlerins se rendaient à la fontaine,
on mettait près d'elle, sur une table, la statue
qui portait une escarcelle dans laquelle les
aumônes étaient déposées.

Un jour que trois gars allaient faire un *viage* (lisez voyage ou pèlerinage) à Saint-Eugène, ils passèrent près de l'église des Iffs. L'un d'eux dit : « Si nous entrions dans cette église réciter une prière à saint Fiacre ?

— C'est inutile, répondit en riant l'un des deux autres, nous n'avons pas la colique. »

Le malheureux n'eut pas plutôt prononcé ces paroles imprudentes, qu'il fut pris de douleurs de ventre épouvantables, qui ne cessèrent que lorsqu'il eut promis une neuvaine à saint Fiacre.

La chapelle de Saint-Peer, au milieu des bois, dans la commune de la Bouëxière, a été de tout temps et est encore à l'heure actuelle un but de pèlerinages, les uns pour obtenir un temps favorable aux biens de la terre, les autres pour obtenir la guérison de la fièvre intermittente, des douleurs rhumatismales et de la goutte. Aussi voit-on de nombreux sentiers au plus épais des bois, aboutissant tous à l'oratoire.

Pendant les excessives chaleurs de l'été de 1893, les habitants des paroisses environnantes,

au nombre de sept à huit cents, venaient à
pied, conduits par leurs prêtres, croix et ban-
nières en tête, invoquer saint Peer pour avoir
de la pluie.

Peer était le fils d'un seigneur de Vitré qui,
pendant la seconde moitié du XV<sup>e</sup> siècle, dit
adieu aux plaisirs du monde et se retira dans
l'abbaye de Rallion, paroisse de la Bouëxière, où
il se fit remarquer par sa piété et son austérité.

Un jour qu'il était en oraison, il eut une
vision qui le décida à quitter l'abbaye afin
de vivre seul et de passer le reste de ses jours
uniquement en prières.

Il se rendit à quatre lieues de là, au pied
d'un monticule alors désert, et aujourd'hui
occupé par le village de la *Butte-aux-Sangliers*,
non loin de l'étang des Forges dans la partie
de la forêt de Chevré qui porte maintenant le
nom de *Bois-de-Saint-Peer*, et qui est situé
sur le territoire de la Bouëxière.

Peer construisit un petit ermitage avec un
oratoire et entoura le tout de fossés qui existent
encore çà et là ; il ne vécut que de légumes
qu'il cultivait lui-même, et passa ses jours et
ses nuits en prières.

A sa mort, l'ermite fut enterré dans son oratoire, et l'on assure que son tombeau y est encore présentement. Quant à sa demeure, elle a disparu.

D'après la tradition, la statue de ce saint a été volée plusieurs fois ; mais elle est toujours revenue d'elle-même reprendre sa place habituelle. En voici un exemple : Au siècle dernier, des voleurs s'introduisirent dans la chapelle de Saint-Peer et la dévalisèrent complètement. Ils avaient emporté jusqu'à la statue du saint qui, bien qu'étant en bois, pesait tellement qu'on aurait juré qu'elle était de plomb.

Encombrés par cette statue et surtout gênés par sa pesanteur, les voleurs résolurent de s'en défaire : se trouvant près de l'étang des Forges, ils la précipitèrent dans l'eau ; mais dès le lendemain matin, la statue de saint Peer avait repris sa place dans la chapelle.

Une autre fois, un cultivateur étant à labourer son champ, voisin de la chapelle, s'aperçut que sa charrue était mal équilibrée, et ne trouvant rien à sa convenance pour y remédier, il n'hésita pas à entrer dans la chapelle et à s'emparer de saint Peer dont il fit une cale.

La charrue ne marchant pas encore à son gré, le laboureur se mit en colère et, d'un coup de pied, brisa la statue qu'il jeta ensuite dans un fossé.

Le saint fut retrouvé le lendemain dans la chapelle ne portant aucune trace des mutilations dont il avait été l'objet de la part du paysan. Celui-ci mourut subitement quelques mois plus tard et le champ, dans lequel la statue avait été brisée, cessa de produire des récoltes et ressemble aujourd'hui à une lande aride.

A Rennes, dans les grandes sécheresses, les reliques de saint Amand, qui se trouvent dans la cathédrale, sont promenées processionnellement par les rues de la ville pour avoir de la pluie. Elles sont portées par les séminaristes et la procession est dirigée par les chanoines du chapitre.

A la Touche-Saint-Amand, village de la paroisse de Montreuil-le-Gast, se trouve une

fontaine dite de Saint-Amand. On s'y rend
processionnellement pendant la sécheresse,
pour obtenir dela pluie.

D'après une tradition locale, il existait jadis
à Clayes (arrondissement de Montfort), dans
ce que l'on nomme aujourd'hui *le Vieux Cimetière*, un oratoire dédié à Messire Yves de
Kaumartin, et tout à côté une fontaine portant
le même nom. On ajoute même que jusqu'à la
fin du siècle dernier on y allait en procession
chaque fois que les récoltes étaient compro-
mises par la sécheresse, et l'on était assuré que
la pluie tomberait dès le lendemain.

Aujourd'hui, tout cela n'est plus qu'un souvenir : le sanctuaire a disparu, et si la fontaine
existe encore, elle ne semble pas inspirer la
même confiance. Le clergé ne s'y rend plus et
les pèlerins eux-mêmes semblent la délaisser.

Non loin de l'église paroissiale de Saint-
Séglin se trouve la fontaine de Sainte-Julitte,

ornée naguère de la statue de cette bienheureuse. Une croix remplace aujourd'hui cette statue disparue.

Depuis un temps immémorial l'on vient à cette croix et à cette fontaine demander un temps favorable aux biens de la terre, et on trempe dans l'eau, à plusieurs reprises, le pied de la croix de l'église qui précède la procession.

On va en pèlerinage à Notre-Dame-du-Roc, à Montautour, pour obtenir un temps favorable aux récoltes.

Dans la commune de Pléchâtel on découvre sur la lande de Bagaron, au bord d'un ruisseau, les ruines de la chapelle de Saint-Melaine, curieuse par sa fontaine qui coule dans la muraille du chevet, au-dessous même de l'ancien autel.

Les paysans de la contrée vont en pèlerinage à Saint-Melaine pour avoir de la pluie. Ils y portent comme offrande des pieds de cochon, et l'un des pèlerins asperge, avec l'eau de la fontaine, un morceau de bois, dernier débris du saint, en disant :

« Saint Melaine, mon bon saint Melaine,
Arrose-nous comme je t'arrose. »

Les habitants de la commune de Saint-Malo-de-Phily, atteints de la fièvre, vont, pour se guérir, porter de petits balais dans une vieille chapelle en ruine appelée la Renardière.

Aujourd'hui encore, on montre dans le bourg de Comblessac la maison élevée à la place de celle où naquit saint Convoyon et une fontaine portant le nom de ce bienheureux.

Les habitants attribuent un pouvoir miraculeux à l'eau de cette fontaine, notamment en temps d'épidémie.

Vers le milieu de ce siècle on a élevé, près de cette source, une statue en l'honneur de saint Convoyon.

Non loin de l'église de Paimpont est une fontaine appelée fontaine de *Notre-Dame-des-Chesnes*. On y va se laver le corps, parce que les eaux de cette source ont la puissance, paraît-il, de guérir de nombreuses maladies.

Dans le cimetière de Laignelet se voit encore la tombe de la Sœur de la Nativité, Jeanne Royer, décédée le 15 août 1798, âgée de 67 ans. On va beaucoup prier sur cette tombe pour obtenir la guérison de toutes sortes de maladies et notamment de la fièvre intermittente.

L'église de Bléruais renferme la statue de saint Amateur, qui est l'objet, chaque année, le 15 août, de nombreux pèlerinages pour la guérison des douleurs rhumatismales.

Au village de la Cabochais, dans la commune de Chevaigné, est une fontaine sous l'invo-

cation de saint Morand (saint Maron, disent
les paysans). Ses eaux guérissent de la fièvre ;
mais on doit s'y rendre à jeun et sans parler.

Il n'y a pas plus de trente ans, on y jetait
encore de la menue monnaie, des liards et des
centimes.

Aujourd'hui, — car c'est toujours un lieu
de pèlerinage pour les fiévreux, — on y a mis
un tronc pour recevoir les offrandes.

Dans la commune de Plélan, se trouve la
fontaine de Saint-Fiacre, où, tous les ans, les
gens du pays se rendent en procession dans
le but d'être préservés de la dysenterie.

L'eau d'une fontaine, à Gaël, guérit de la
rage. Dans la même commune on va en pèlerinage à la chapelle du Louya, pour la guérison de la fièvre.

La fontaine Saint-Genou, près de l'église de
Monterfil, est visitée par des milliers de pèle-

rins, notamment le 20 juin, jour de la fête patronale.

Les eaux de cette fontaine ont le pouvoir de faire disparaître les courbatures, la goutte et les douleurs rhumatismales.

Une fontaine de la commune de Saint-Uniac, avec bassin et canal en granit, est appelée dans le pays, *la fontaine aux Galeux*. Son eau, paraît-il, a le privilège de guérir de la gale.

Près de l'abbaye de Saint-Méen, est une fontaine miraculeuse que le bourdon de saint Méen fit jaillir du sol pendant la construction de cet édifice. Son eau guérit certaines maladies cutanées.

On rencontre au village de la Villée, commune de Quédillac, une petite fontaine coulant extérieurement de la vieille muraille de la chapelle de *Notre-Dame-de-la-Villée*. L'eau de cette source a la réputation de guérir du mal Saint-Méen. (L'épilepsie.)

Non loin de l'église paroissiale de Talensac est la fontaine de Saint-Lunaire, fréquentée par les malades menacés de cécité, qui viennent s'y laver les yeux.

On aperçoit sur le versant d'un côteau, à l'endroit appelé le Tertre, dans la commune de Saint-Symphorien, une fontaine désignée autrefois sous le nom de *fontaine de l'Écuellée* parce que sa forme rustique rappelait celle d'une écuelle.

Ce n'était alors qu'un simple trou, abrité par des arbres et surmonté d'une petite statue de la Vierge.

Un jour, une dame atteinte d'ophtalmie, passa près de cette fontaine, s'agenouilla devant la Vierge, se lava les yeux dans l'eau de la source et fit vœu, si elle guérissait, d'y faire élever une chapelle.

Bientôt la dame en question cessa de souffrir, ses yeux redevinrent aussi clairs que l'eau de la fontaine, et elle songea à son vœu.

Le tertre débarrassé des ronces et des épines fut transformé en jardin, la fontaine fut agrandie, une baignoire y a été placée, mais la chapelle, pour des causes diverses, n'a pas encore été construite.

On voit à la sortie du bourg de Loutehel, une fontaine vénérée dans le pays et ornée d'une statue de saint Armel. Les habitants de la commune assurent qu'il s'agit de leur fontaine dans le paragraphe suivant de la Vie de saint Armel.

« Saint Armel passant par un village où il ne se trouvait point d'eau, enfonça son bâton en terre et, après avoir fait oraison le retira, et incontinent il parut en ce lieu une source de bonne eau, laquelle n'a depuis cessé de couler et s'appelle la fontaine de Saint-Armel. »

A Saint-Armel même, canton de Château-giron, du 16 août, jour de la fête paroissiale, jusqu'au 8 septembre, de nombreux pèlerins vont à la fontaine de saint Armel, située près du bourg, pour y boire de l'eau et même en faire couler le long de leur manche, afin de se guérir des maladies dont ils sont atteints.

Non loin de l'église paroissiale de Bovel, à l'entrée du taillis nommé le bois d'Anast, se trouve la fontaine de *Notre-Dame-de-Bovel*. D'après la tradition locale, cette source jaillit tout à coup près de l'endroit où fut trouvée une vieille statue de la sainte Vierge. Les bœufs attelés au chariot destiné à transporter la statue à l'église, s'arrêtèrent, refusant d'aller plus loin, pour bien faire comprendre que c'était là, et non ailleurs que devait être vénérée la Vierge.

Le jour de la Nativité de Marie, le concours des pèlerins est considérable. On peut les voir se rendre respectueusement à cette fontaine, y puiser et y boire de l'eau, puis y jeter une pièce de monnaie.

Le lendemain, on vide la fontaine pour recueillir les offrandes.

Il existe dans la commune d'Iffendic une dalle en pierre qui semble être un monument mégalithique. Elle a une excavation qui, dit-on, est l'empreinte de l'un des pieds de saint Martin. Pour cette raison, elle est appelée *le Pas de Saint-Martin*.

On s'y rend pour la guérison de la fièvre et on dépose dans l'excavation des sous et des petites croix de bois.

Sous l'église de Châtillon-sur-Seiche, près Rennes, est une crypte très ancienne dans laquelle on voit la chaîne de saint Léonard scellée au mur.

Trois assemblées ont lieu, chaque été, autour de l'église de Châtillon. On y va de très loin, et quelquefois pieds nus, pour la guérison des douleurs de reins et des rhumatismes. Les pèlerins frottent la partie malade de leur corps à la chaîne de saint Léonard.

On rencontre sur une lande, dans la commune d'Andouillé-Neuville, un tombeau élevé à la mémoire de saint Lénard qui est l'objet de la légende suivante :

Lunaire, ou plus communément Lénard, était, dit-on, un vagabond, un bandit de la pire espèce, ne vivant que de vols, de pillages, tuant par plaisir et étant la terreur de la contrée.

Les rouliers n'osaient s'aventurer sur la grande lande située entre Sens et Andouillé, que lorsqu'ils étaient assez nombreux pour tenir tête au brigand, qui ne quittait pas ces parages.

Un jour, Lénard n'ayant aucun passant à détrousser, avisa un arbre et cueillit un de ses fruits. C'était une poire sauvage, appelée dans le pays poire d'*étranglard*, tellement âcre que Lénard, après l'avoir goûtée, la jeta vivement loin de lui.

Le hasard voulut qu'elle tombât sur un

petit arbuste où, quelques mois plus tard, le
voleur, en passant par le même endroit, la
retrouva. Par curiosité, il la prit et, charmé
de la belle couleur qu'elle avait revêtue, la
porta à ses lèvres.

O surprise ! la poire amère qu'il avait dé-
daignée, était devenue d'une saveur exquise.

Frappé de ce fait qui, pour lui, tenait du
prodige, Lénard devint pensif. Sa vie lui
apparut alors dans toute sa réalité. Il eut
honte de sa conduite et, pris d'un repentir
soudain, il s'écria : « Tout s'amende ici-bas ;
il n'y a que moi qui suis de plus en plus cri-
minel. Eh bien ! je changerai, je deviendrai
meilleur et Lénard le bandit sera désormais
Lénard l'honnête homme. » Il en était là de
ses réflexions, lorsqu'il entendit les cris d'un
roulier, essayant de retirer son attelage d'une
des nombreuses ornières qui remplissaient le
chemin.

Lénard, voulant mettre ses projets à exécution, vole au secours du charretier qui,
trompé par la mauvaise réputation du bandit
et croyant avoir à défendre sa vie, court sur
le brigand et l'assomme d'un coup de garrot.

Avant d'expirer, Lénard fit part au roulier de l'intention qu'il avait eue de réformer sa vie; dès lors la pitié populaire en fit un saint.

Il y a trente ans environ qu'on lui a élevé le tombeau qu'on aperçoit aujourd'hui sur la lande où eurent lieu ses crimes et sa conversion.

Lors de l'érection du tombeau, le curé d'Andouillé cria au sacrilège et le fit démolir; mais il a été réédifié par les soins des habitants, qui y voient une source de profit pour le pays.

Le vendredi saint, ce monument situé à cinquante mètres de la route de Rennes à Pontorson, est le but d'un pèlerinage. On invoque saint Lénard pour la guérison des douleurs rhumatismales.

La commune de Saint-Didier porte le nom d'un évêque de Rennes au VIIe siècle. L'emplacement de son oratoire se voit encore au milieu des bois, et l'on s'y rend chaque année (chapelle de Notre-Dame-de-la-Pénière) pour obtenir la guérison de la fièvre.

A la place qu'occupait jadis la redoutable
forteresse des barons de Châteaubriant, dans
la forêt de Teillay, où séjourna Gilles de Bre-.
tagne, et qui servit de refuge à l'infortunée
duchesse Constance de Bretagne poursuivie
par les Anglais, s'élève aujourd'hui une petite
chapelle dédiée à saint Eustache.

Aux fêtes de Saint-Jean et de la Pentecôte
de nombreux pèlerins s'y rendent pour la
guérison de toutes sortes de maladies, de là le
dicton :

« Saint Eustache,
Qui de tous maux détache. »

Lorsqu'on suit l'ancienne route de Tremblay
à Bazouges-la-Pérouse, on arrive sur une lande
aride et inculte de laquelle on aperçoit, à
droite, l'embouchure du Couesnon et le
Mont-Saint-Michel en entier, puis à gauche,
dans le lointain, Sens et son joli clocher.

A une lieue de là, est une côte rapide qui dé-
vale jusqu'au vieux château du Pontavice sur
le bord du Couesnon. En descendant cette côte,

on rencontre une petite chapelle dédiée à saint Aubin, et qui est dans le pays l'objet de la légende suivante :

Au temps jadis, une fille de Mézaubin ayant trouvé la statue du saint dans une grande épine blanche, l'emporta chez elle. Le lendemain matin, grande fut sa surprise de ne plus la retrouver à la place où elle l'avait mise la veille.

Repassant plus tard dans le champ de Saint-Aubin, elle fut encore plus étonnée d'apercevoir la statue dans les branches de l'arbre.

La pieuse fille vit là un avertissement du ciel et dépensa tout ce qu'elle possédait pour construire la petite chapelle que l'on voit encore aujourd'hui.

On raconte aussi qu'un garçon de ferme du village du Pontavice, étant un jour à herser du guéret dans le champ de la statue, s'empara de celle-ci et la plaça sur sa herse qu'il trouvait trop légère pour écraser les mottes de terre.

La chaleur était excessive, et le vent chassait la poussière du champ. Le paysan facétieux dit au saint : « *Ferme les yeux, Aubin, la poussière t'aveugle.* »

Il n'eut pas plutôt prononcé ces paroles ir-
révérencieuses qu'il sentit une vive douleur
aux yeux. Bientôt il cessa de voir et mourut
quelque temps après dans d'atroces souffran-
ces.

On va de nos jours en pèlerinage à Saint-
Aubin pour la guérison des fièvres intermit-
tentes causées dans ce pays par les nombreux
marais qui s'y trouvent.

Sur la lisière de la forêt de Paimpont est
une petite commune du Morbihan appelée
Tréhorenteuc. J'ai vu dans l'église de ce village une énorme statue de bois, grossière-
ment faite, qui représente sainte Onenna,
fille du roi breton Hoël III, couchée sur le dos,
atteinte d'hydropisie.

Les personnes affectées de cette maladie, —
qu'on appelle l'*enfle* dans le pays, — viennent
de très loin en pèlerinage à Sainte-Onenna.

FIN DU TOME PREMIER

# TABLE DES MATIÈRES

DU TOME PREMIER

20

## Chapitre IV

CHALON-SUR-SAONE. — IMP. L. MARCEAU